老舍记亲友

张桂兴　王任　编

齊鲁書社

纪念老舍诞辰120周年

（1899—2019）

老舍

20 世纪 30 年代，老舍与画家关友声留影于济南千佛山下

1959年，老舍与戏剧大师马连良合影

1962年的老舍

目　录

宗月大师 /1
我的母亲 /6
臧克家的《烙印》/13
介绍两位画家 /16
《关友声画集》序 /18
《桑子中画集》序 /20
观画记 /23
记涤洲 /28
哭白涤洲 /32

读巴金的《电》/36
何容何许人也 /40
代语堂先生拟赴美宣传大纲 /46
我的几个房东——留英回忆之二 /51
无题（因为没有故事）/58
鲁迅先生逝世二周年纪念 /61

怀友 /67
去年今日 /70
敬悼许地山先生 /73
悼赵玉三司机师 /81
四位先生 /84
假若我有那么一箱子画 /90
一点点认识 /94
“七七”怀友 /96

老姐姐们 /98
大地的女儿 /101
白石夫子千古 /106
祭王统照先生 /109
悼念罗常培先生 /111
悼于非阇画师 /115
梅兰芳同志千古 /118
敬悼郝寿臣老先生 /121
敬悼我们的导师 /124
记忆犹新 /126

致子祥兄 /128

致胡适 /131
赠关友声 /133
题扇面赠马子元拳师 /134
题“全家福”/135
致赵家璧 /136
答友人书 /141
致陶亢德 /144
致胡风 /158
致郁达夫 /163
集文艺界人名联句 /170
赠涤非词人 /172
赠太虚法师 /173

致 ×× 兄（乡居杂记）/174
致梁实秋 /177
致友人书 /180
致 ×× 兄 /184
赠田仲济 /190
在傅抱石赠赵清阁《红梅扁舟图》册页上题诗 /191
致何容 /192
致赵清阁 /194

为胡絜青《桃花游鱼图》题诗 /199
赠钱锺书 /200
赠王莹 /201

编后记 /203

宗月大师

在我小的时候，我因家贫而身体很弱。我九岁才入学。因家贫体弱，母亲有时候想教我去上学，又怕我受人家的欺侮，更怕交不上学费，所以一直到九岁我还不识一个字。说不定，我会一辈子也得不到读书的机会。因为母亲虽然知道读书的重要，可是每月间三四吊钱的学费，实在让她为难。母亲是最喜脸面的人。她迟疑不决，光阴又不等待着任何人，荒来荒去，我也许就长到十多岁了。一个十多岁的贫而不识字的孩子，很自然的是去作个小买卖——弄个小筐，卖些花生，煮豌豆，或樱桃什么的。要不然就是去学徒。母亲很爱我，但是假若我能去作学徒，或提篮沿街卖樱桃而每天赚几百钱，她或者就不会坚决的反对。穷困比爱心更有力量。

有一天刘大叔偶然的来了。我说“偶然的”，因为他不常来看我们。他是个极富的人，尽管他心中并无贫富之别，可是他的财富使他终日不得闲，几乎没有工夫来看穷朋友。

一进门，他看见了我。“孩子几岁了？上学没有？”他问我的母亲。他的声音是那么洪亮（在酒后，他常以学喊俞振庭的《金钱豹》自傲），他的衣服是那么华丽，他的眼是那么亮，他的脸和手是那么白嫩肥胖，使我感到我大概是犯了什么罪。我们的小屋，破桌凳，土炕，几乎禁不住他的声音的震动。等我母亲回答完，刘大叔马上决定：“明天早上我来，带他上学，学钱、书籍，大姐你都不必管！”我的心跳起多高，谁知道上学是怎么一回事呢！

第二天，我像一条不体面的小狗似的，随着这位阔人去入学。学校是一家改良私塾，在离我的家有半里多地的一座道士庙里。庙不甚大，而充满了各种气味：一进山门先有一股大烟味，紧跟着便是糖精味（有一家熬制糖球糖块的作坊），再往里，是厕所味，与别的臭味。学校是在大殿里，大殿两旁的小屋住着道士，和道士的家眷。大殿里很黑，很冷。神像都用黄布挡着，供桌上摆着孔圣人的牌位。学生都面朝西坐着，一共有三十来人。西墙上有一块黑板——这是“改良”私塾。老师姓李，一位极死板而极有爱心的中年人。刘大叔和李老师“嚷”了一顿，而后教我拜圣人及老师。老师给了我一本《地球韵言》和一本《三字经》。我于是，就变成了学生。

自从作了学生以后，我时常的到刘大叔的家中去。他的宅子有两个大院子，院中几十间房屋都是出廊的。院后，还有一座相当大的花园。宅子的左右前后全是他的房屋，若是把那些房子齐齐的排起来，可以占半条大街。此外，他还有几处铺店。每逢我去，他必招呼我吃饭，或给我一些我没有看见过的点心。他绝不以我为一个苦孩子而冷淡我，他是阔大爷，但是他不以富傲人。

在我由私塾转入公立学校去的时候，刘大叔又来帮忙。这时候，他的财产已大半出了手。他是阔大爷，他只懂得花钱，而不知道计算。人们吃他，他甘心教他们吃；人们骗他，他付之一笑。他的财产有一部分是卖掉的，也有一部分是被人骗了去的。他不管；他的笑声照旧是洪亮的。

到我在中学毕业的时候，他已一贫如洗，什么财产也没有了，只剩了那个后花园。不过，在这个时候，假若他肯用用心思，去调整他的产业，他还能有办法教自己丰衣足食，因为他的好多财产是被人家骗了去的。可是，他不肯去请律师。贫与富在他心中是完全一样的。假若在这时候，他要是不再随便花钱，他至少可以保住那座花园，和城外的地产。可是，他好善。尽管他自己的儿女受着饥寒，尽管他自己受尽折磨，他还是去办贫儿学校，粥厂，等等慈善事业。他忘了自己。就是在这个时候，我和他过往的最密。他办贫儿学校，我去作义务教师。他施舍粮米，我去帮忙调查及散放。在我的心里，我很明白：放粮放钱不过只足延长贫民的受苦难的日期，而不足以阻拦住死亡。但是，看刘大叔那么热心，那么真诚，我就顾不得和他辩论，而只好也出点力了。即使我和他辩论，我也不会得胜，人情是往往能战败理智的。

在我出国以前，刘大叔的儿子死了。而后，他的花园也出了手。他入庙为僧，夫人和小姐入庵为尼。由他的性格来说，他似乎势必走入避世学禅的一途。但是由他的生活习惯上来说，大家总以为他不过能念念经，布施布施僧道而已，而绝对不会受戒出家。他居然出了家。在以前，他吃的是山珍海味，穿的是绫罗绸缎。他也嫖也赌。现在，他每日一餐，入秋还穿着件夏布道袍。这样苦修，他的脸上还是红红的，笑声还是洪亮的。对佛学，他有多么深的认识，我不敢说，我却真知道他是个好和尚，他知道一点便去作一点，能作一点便作一点。他的学问也许不高，但是他所知道的都能见诸实行。

出家以后，他不久就作了一座大寺的方丈。可是没有好久就被驱逐出来。他是要做真和尚，所以他不惜变卖庙产去救济苦人。庙里不要这种方丈。一般的说，方丈的责任是要扩充庙产，而不是救苦救难的。离开大寺，他到一座没有任何产业的庙里作方丈。他自己既没有钱，他还须天天为僧众们找到斋吃。同时，他还举办粥厂等等慈善事业。他穷，他忙，他每日只进一顿简单的素餐，可是他的笑声还是那么洪亮。他的庙里不应佛事，赶到有人来请，他便领着僧众给人家去唪真经，不要报酬。他整天不在庙里，但是他并没忘了修持；他持戒越来越严，对经义也深有所获。他白天在各处筹钱办事，晚间在小室里作工夫。谁见到这位破和尚也不曾想到他会是个在金子里长起来的阔大爷。

去年，有一天他正给一位圆寂了的和尚念经，他忽然闭上了眼，就坐化了。火葬后，人们在他的身上发现许多舍利。

没有他，我也许一辈子也不会入学读书。没有他，我也许永远想不起帮助别人有什么乐趣与意义。他是不是真的成了佛？我不知道。但是，我的确相信他的居心与苦行是与佛极相近似的。我在精神上物质上都受过他的好处，现在我的确愿意他真的成了佛，并且盼望他以佛心引领我向善，正像在三十五年前，他拉着我去入私塾那样！

他是宗月大师。

原载1940年1月23日《华西日报·每周文艺》。

我的母亲

母亲的娘家是在北平德胜门外，土城儿外边，通大钟寺的大路上的一个小村里。村里一共有四五家人家，都姓马。大家都种点不十分肥美的地，但是与我同辈的兄弟们，也有当兵的，作木匠的，作泥水匠的，和当巡警的。他们虽然是农家，却养不起牛马，人手不够的时候，妇女便也须下地作活。

对于姥姥家，我只知道上述的一点。外公外婆是什么样子，我就不知道了，因为他们早已去世。至于更远的族系与家史，就更不晓得了；穷人只能顾眼前的衣食，没有功夫谈论什么过去的光荣；“家谱”这字眼，我在幼年就根本没有听说过。

母亲生在农家，所以勤俭诚实，身体也好。这一点事实却极重要，因为假若我没有这样的一位母亲，我之为我恐怕也就要大大的打个折扣了。

母亲出嫁大概是很早，因为我的大姐现在已是六十多岁的老太婆，而我的大甥女还长我一岁啊。我有三个哥哥，四个姐姐，但能长大成人的，只有大姐，二姐，三姐，三哥与我。我是“老”儿子。生我的时候，母亲已有四十一岁，大姐二姐已都出了阁。

由大姐与二姐所嫁入的家庭来推断，在我生下之前，我的家里，大概还马马虎虎的过得去。那时候定婚讲究门当户对，而大姐丈是作小官的，二姐丈也开过一间酒馆，他们都是相当体面的人。

可是，我，我给家庭带来了不幸：我生下来，母亲晕过去半夜，才睁眼看见她的老儿子——感谢大姐，把我揣在怀中，致未冻死。

一岁半，我把父亲“克”死了。

兄不到十岁，三姐十二三岁，我才一岁半，全仗母亲独力抚养了。父亲的寡姐跟我们一块儿住，她吸鸦片，她喜摸纸牌，她的脾气极坏。为我们的衣食，母亲要给人家洗衣服，缝补或裁缝衣裳。在我的记忆中，她的手终年是鲜红微肿的。白天，她洗衣服，洗一两大绿瓦盆。她作事永远丝毫也不敷衍，就是屠户们送来的黑如铁的布袜，她也给洗得雪白。晚间，她与三姐抱着一盏油灯，还要缝补衣服，一直到半夜。她终年没有休息，可是在忙碌中她还把院子屋中收拾得清清爽爽。桌椅都是旧的，柜门的铜活久已残缺不全，可是她的手老使破桌面上没有尘土，残破的铜活发着光。院中，父亲遗留下的几盆石榴与夹竹桃，永远会得到应有的浇灌与爱护，年年夏天开许多花。

哥哥似乎没有同我玩耍过。有时候，他去读书；有时候，他去学徒；有时候，他也去卖花生或樱桃之类的小东西。母亲含着泪把他送走，不到两天，又含着泪接他回来。我不明白这都是什么事，而只觉得与他很生疏。与母亲相依如命的是我与三姐。因此，他们作事，我老在后面跟着。他们浇花，我也张罗着取水；他们扫地，我就撮土……从这里，我学得了爱花，爱清洁，守秩序。这些习惯至今还被我保存着。

有客人来，无论手中怎么窘，母亲也要设法弄一点东西去款待。舅父与表哥们往往是自己掏钱买酒肉食，这使她脸上羞得飞红，可是殷勤的给他们温酒作面，又给她一些喜悦。遇上亲友家中有喜丧事，母亲必把大褂洗得干干净净，亲自去贺吊——份礼也许只是两吊小钱。到如今为我的好客的习性，还未全改，尽管生活是这么清苦，因为自幼儿看惯了的事情是不易改掉的。

姑母常闹脾气。她单在鸡蛋里找骨头。她是我家中的阎王。直到我入了中学，她才死去，我可是没有看见母亲反抗过。“没受过婆婆的气，还不受大姑子的吗？命当如此！”母亲在非解释一下不足以平服别人的时候，才这样说。是的，命当如此。母亲活到老，穷到老，辛苦到老，全是命当如此。她最会吃亏。给亲友邻居帮忙，她总跑在前面：她会给婴儿洗三——穷朋友们可以因此少花一笔“请姥姥”钱——她会刮痧，她会给孩子们剃头，她会给少妇们绞脸……凡是她能作的，都有求必应。但是吵嘴打架，永远没有她。她宁吃亏，不逗气。当姑母死去的时候，母亲似乎把一世的委屈都哭了出来，一直哭到坟地。不知道哪里来的一位侄子，声称有承继权，母亲便一声不响，教他搬走那些破桌子烂板凳，而且把姑母养的一只肥母鸡也送给他。

可是，母亲并不软弱。父亲死在庚子闹“拳”的那一年。联军入城，挨家搜索财物鸡鸭，我们被搜两次。母亲拉着哥哥与三姐坐在墙根，等着“鬼子”进门，街门是开着的。“鬼子”进门，一刺刀先把老黄狗刺死，而后入室搜索。他们走后，母亲把破衣箱搬起，才发现了我。假若箱子不空，我早就被压死了。皇上跑了，丈夫死了，鬼子来了，满城是血光火焰，可是母亲不怕，她要在刺刀下，饥荒中，保护着女儿。北平有多少变乱啊，有时候兵变了，街市整条的烧起，火团落在我们院中。有时候内战了，城门紧闭，铺店关门，昼夜响着枪炮。这惊恐，这紧张，再加上一家饮食的筹划，儿女安全的顾虑，岂是一个软弱的老寡妇所能受得起的？可是，在这种时候，母亲的心横起来，她不慌不哭，要从无办法中想出办法来。她的泪会往心中落！这点软而硬的性格，也传给了我。我对一切人与事，都取和平的态度，把吃亏看作当然的。但是，在作人上，我有一定的宗旨与基本的法则，什么事都可将就，而不能超过自己画好的界限。我怕见生人，怕办杂事，怕出头露面；但是到了非我去不可的时候，我便不敢不去，正像我的母亲。从私塾到小学，到中学，我经历过起码有二十位教师吧，其中有给我很大影响的，也有毫无影响的，但是我的真正的教师，把性格传给我的，是我的母亲。母亲并不识字，她给我的是生命的教育。

当我在小学毕了业的时候，亲友一致的愿意我去学手艺，好帮助母亲。我晓得我应当去找饭吃，以减轻母亲的勤劳困苦。可是，我也愿意升学。我偷偷的考入了师范学校——制服，饭食，书籍，宿处，都由学校供给。只有这样，我才敢对母亲提升学的话。入学，要交十圆的保证金。这是一笔巨款！母亲作了半个月的难，把这巨款筹到，而后含泪把我送出门去。她不辞劳苦，只要儿子有出息。当我由师范毕业，而被派为小学校校长，母亲与我都一夜不曾合眼。我只说了句："以后，您可以歇一歇了！"她的回答只有一串串的眼泪。我入学之后，三姐结了婚。母亲对儿女是都一样疼爱的，但是假若她也有点偏爱的话，她应当偏爱三姐，因为自父亲死后，家中一切的事情都是母亲和三姐共同撑持的。三姐是母亲的右手。但是母亲知道这右手必须割去，她不能为自己的便利而耽误了女儿的青春。当花轿来到我们的破门外的时候，母亲的手就和冰一样的凉，脸上没有血色——那是阴历四月，天气很暖。大家都怕她晕过去。可是，她挣扎着，咬着嘴唇，手扶着门框，看花轿徐徐的走去。不久，姑母死了。三姐已出嫁，哥哥不在家，我又住学校，家中只剩母亲自己。她还须自晓至晚的操作，可是终日没人和她说一句话。新年到了，正赶上政府倡用阳历，不许过旧年。除夕，我请了两小时的假。由拥挤不堪的街市回到清炉冷灶的家中。母亲笑了。及至听说我还须回校，她愣住了。半天，她才叹出一口气来。到我该走的时候，她递给我一些花生，

“去吧，小子！”街上是那么热闹，我却什么也没看见，泪遮迷了我的眼。今天，泪又遮住了我的眼，又想起当日孤独的过那凄惨的除夕的慈母。可是慈母不会再候盼着我了，她已入了土！

儿女的生命是不依顺着父母所设下的轨道一直前进的，所以老人总免不了伤心。我二十三岁，母亲要我结了婚，我不要。我请来三姐给我说情，老母含泪点了头。我爱母亲，但是我给了她最大的打击。时代使我成为逆子。二十七岁，我上了英国。为了自己，我给六十多岁的老母以第二次打击。在她七十大寿的那一天，我还远在异域。那天，据姐姐们后来告诉我，老太太只喝了两口酒，很早的便睡下。她想念她的幼子，而不便说出来。

“七七”抗战后，我由济南逃出来。北平又像庚子那年似的被鬼子占据了，可是母亲日夜惦念的幼子却跑西南来。母亲怎样想念我，我可以想像得到，可是我不能回去。每逢接到家信，我总不敢马上拆看，我怕，怕，怕，怕有那不祥的消息。人，即使活到八九十岁，有母亲便可以多少还有点孩子气。失了慈母便像花插在瓶子里，虽然还有色有香，却失去了根。有母亲的人，心里是安定的。我怕，怕，怕家信中带来不好的消息，告诉我已是失了根的花草。

去年一年，我在家信中找不到关于老母的起居情况。我疑虑，害怕。我想像得到，若有不幸，家中念我流亡孤苦，或不忍相告。母亲的生日是在九月，我在八月半写去祝寿的信，算计着会在寿日之前到达。信中嘱咐千万把寿日的详情写来，使我不再疑虑。十二月二十六日，由文化劳军的大会上回来，我接到家信。我不敢拆读。就寝前，我拆开信，母亲已去世一年了！

生命是母亲给我的。我之能长大成人，是母亲的血汗灌养的。我之能成为一个不十分坏的人，是母亲感化的。我的性格，习惯，是母亲传给的。她一世未曾享过一天福，临死还吃的是粗粮。唉！还说什么呢？心痛！心痛！

原载1943年1月13日、15日《时事新报·青光》。

臧克家的《烙印》

批评家须随着作品走，不许用自己的成见拦头一杠子。批评不是打杠子。我知道这个，可是我办不到这一步。我多少有些成见，这是一；我太性急，没有耐心法儿细读烂咽，这是二。有此二者，所以永远不说带批评味儿的话。得罪人还事小，不公平便连自己也对不起。闭口不言，倒也逍遥自在。

久闻克家的诗名，今天得读他的《烙印》，破例要说上三言五语。为何要破例？自有原因，恕不告诉。

《烙印》里有二十多首短诗，都是一个劲，都是像“一条巴豆虫嚼着苦汁营生”的劲。真希望他给点变化，可是他既愿一个劲，谁也没办法；况且何等的一个劲！不是捧事，我爱这个劲；这个劲不是酸溜溜的，最恨酸溜溜的调货；不吃饺子专喝醋，没劲！设若我能管住生命，我不愿它又臭又长，如潘金莲女士之裹脚条；我愿又臭又硬。克家是否臭？

不晓得。他确是硬，硬得厉害。自然，这个硬劲里藏着个人主义的一些石头子儿。“什么都由我承当，”是浪漫主义里那点豪气与刚硬。可是这并不是他个人的颂赞，不是众人皆软我独刚的表示。他的世界是个硬的，人也全是硬的，硬碰硬便是生活，而事实上大家也确是在那儿硬碰。碰的结果如何？克家没说。他不会作梦。他是大睁白眼的踱开大步朝前闯；不这么着可又怎样？细想起来，就是世界到了极和平极清醒的时候，生命还不是个长期的累赘？大概硬干的劲永远不应当失去，不过随着物质的条件而硬得不同程度便了。克家是对现在世界与人生决定了态度，是要在这黑圈里干一气。别的，他没说，顶好也就别追问。黄莺不是画眉；鸭子上树是抱上去的。

真的，他这些诗确是只这么一个劲。甚至于为唱这个而牺牲了些形式之美。他的句子有极好的，有极坏的，他顾不及把思想与感情联成一片能呼吸的活图画，在文字上他也是硬来。《渔翁》的图画不坏，《歇午工》便更好了，可是《难民》有多么笨，多么空虚。还是《希望》与《生活》好些，因为这两处根本是说他的态度，用不着什么修饰；里边也有些喻拟，不甚高明。至于句子，长短的不齐倒没什么关系；他的韵押得太勉强。这些挑剔是容易的，因而也就没多大价值；假若他不是自狂自大的，他自会改了这些小毛病。

最可爱的地方是那点有什么说什么的直爽——虽然不都干脆。旧诗里几乎不易找到这个劲。设若多数旧诗是有味没字，克家是有字而欠点味。味儿不难找，多唱就是了。也许他是故意要有字没味，君不见“一轮明月哟”也是有味没字吗？

原载1933年11月1日《文学》（月刊）第1卷第5号。

介绍两位画家

在济南，我有两位好朋友——关松坪和关友声。他们是亲兄弟俩，都会画山水。闲暇无事的时候，我常向他们领教些图画上的事儿，他们也问我些关于文艺的理论，所以在生活上增加了不少的趣味。他们搜藏了不少古人的精品，作自习的参考，并且设立了一个国画研究社，教给人们作画。我不短到这个研究社去，有时候看看他们的作品，有时候听听他们的讲授。我不敢说，因此而明白了绘事；可是我看出来：他们兄弟作画确是有真工夫，不是在纸上涂几个黑蛋便硬说是什么什么。他们不但是工夫勤，技术熟，而且真下心去研究各派的历史与特色。所以他们教授别人的时候，不是只夸显自己，而是源源本本的给大家说明解析。我对绘画本是外行，近来略懂得一二，还是从他们兄弟得来的。拿刚学来的一点马上就去批评，我不敢；不过我佩服他们的精神，所以愿来介绍一下。这可不是捧场，替他们吹；他们用不着一个外行人给他们吹，他们自有真本事。请看友声的两幅近作吧：一幅是学清湘的，一幅是学梅花道人的。好，坏，请您自己看。他还写了篇论文："山水布局谈" 和 "国画题跋谈"。这两篇虽是为初学说法，内中可确含着很精到的见解。

松坪先生呢，因近来石涛的画风，风行一时，特意作了两篇文章，把这位大艺术家的生平经历，性情，造诣，都评述一番。并且把他和友声所藏的石涛作品四幅影印出来，公之同好。这四幅画的确是精品，请读者仔细玩味。

有人也许说，我这几句是画蛇添足。这我也不反对。那么，就请看他们的作品与文章吧。

原载 1934 年 2 月《文华》第 45 期。

《关友声画集》序

友声是个可爱的人。他很有趣：乍一看，他是少年老成，胖胖的，和和气气的，非常的温厚。哪知道，他心中却有许多玩艺儿。他会唱，善弈，能写，精于绘画。有这几种本事的人，往往留着长头发，眼睛望着天，自居天才。友声可不这样，他一点也不露；他就那么胖胖的，温善的，不说长道短，不露名士的气派，更不以狂浪的行为自损以自高。他背地里下功夫，一声不发，你非和他很熟识了，总不会知道他有才分。和他摆盘棋就晓得他的厉害了；虽然他不以为这有什么了不得。他最见长的是画山水。

谁都知道，中国画里以山水为最难，有真功夫还不够，得有真才力与识见。严格的说，既非画山，也非画水，而是绘出心灵对大自然的趣味与设想。不但物境的壮伟或闲逸是由心境而然，就是物境的形式之美也是随心所欲——把山水画在扇面上，并非世上真有那么座扇面山，而是把山树云水创设在扇面上，以表现一点什么意思与境界。画家时时创造着新天地。难处也就在这里，心中无物便什么也画不出。

友声善绘山水，他胸中自然是有真东西。他用工也很勤，看的又多，才力与经验自然是艺术成就上的一对法宝。就他的作品说，他的画正如他的人，笔墨深厚而灵动，很足以表现他自己。深厚使人神凝，灵动令人气爽。与他交往，和看他的作品，都觉到这两样。他非常的用功。可是画中没有吃力不自然的地方；他极厚道，可是有艺术的天才。这是人格的美与艺术的美之调和，也就是艺术的陶冶与人格的修养之所以相成；所以我说他可爱。

现在他把过去的作品汇印成集；设若认识作家有助于作品的欣赏，我这点介绍便多少有些意思。

一九三四年

原载《关友声画集》，北平京城印书局1934年初版。

《桑子中画集》序

这本画集内的作品不是温室里烘养出来的花草，是与自然为友的结果。真的，自然是子中的好友。他喜游，而且有对会看的眼。有些诗人，每到一处便作首诗。子中到处作画。不过，诗可以凑成：往往没看到景物的真美而用些字凑起几句来；就是往好里说，也有时候会给景物以不适当的诗意。诗是心声，有好处也有坏处。作画，在另一方面，没有更深的观察与灵感便无从下笔，除非以描写画谱当作艺术。以画作游记才是真的游记。一色一彩一木一石在自然中的意义与在画家眼中的价值与了解都在这里。画不说话，与自然一样的静美；只有画家的力量代表着自然送出无限的欣喜。诗不能也不必这样。即使以“不必”原谅了“不能”，画家到底是可羡慕的。这或者就是我爱诗，而更爱画的原因吧。我不会画，也不懂画，我爱看。看画使我明白——不是又看到了——自然。

子中这些作品我差不多都看见过。什么派，什么笔法，我都说不上来。我只看出：他会用许多颜色而显出暗淡来，暗淡可是深厚。暗淡是味儿，骨子里并不是空的。细看他的画使我明白了何谓深厚。看完他的画，再去看别家的鲜艳，觉出来他们只是火炽；他的颜色是渐渐从心里流出——猛看却显着有点单调。这个，就是印出来——可惜在济南找不到好印工——也还没完全失掉。他的设色是以淡藏浓，他的笔道是更可怕——厉害得可怕，雄浑得可怕。他简直是"写"呢。他的画是北方的冬山，棱角全露着。可是他似乎有两对眼，他也极会画迷离的景色，像雾，烟，雨，他都画得出。有时，他把这二者放在一处，看那张《深秋》(大明湖)：山是渺茫的一片，而湖上的柳是几条粗道子。可喜的是它们还调和。在这种调和里，他老使人看到觉到他不完全是写实，也不完全是印象；他实在是要写实，可是他的诗心使他得到真实以外的一点什么。于是他捉到真实，而不被真实将他拴在地上；依写实的所及，他能保持自由。他的细腻是不易看出的，当然。

我没见过他画人物。除了风景以外，他爱画菊，荷，与柏。在这类小品中——"小品画"像话与否，不晓得——他常露出些浪漫气息来；曾见过他的一幅《月下残菊》。月下残菊！他自己说，他非常的爱菊爱柏爱莲叶。"爱"会使人浪漫。中国画中的梅兰竹菊，据我看，差不多都是浪漫的。一枝梅，几竿竹，画家表现了另一个宇宙。子中的虽然是西画，所表现的精神还是这个。他决不是画菊，荷，与柏呢，他是绘出心的爱恋。

这些，是我所看到的，对不对，我当负责。由一般的，或某派的规矩与理论看这对不对，我不懂，也不管。他的作品使我看到这些，使我感到这些所给的欣悦。我不是研究画法的，也不希望一幅图画必须依着画法大全才能明白。我也没说子中的画好，或歹；好或歹必须先有标准。我只是讲他的作品对我个人的感动与价值。这未免显着浪漫些，可也想不出更好的主意来。这也有个好处：他画了什么，我便看什么，说什么。他没画人物，对于我，并不是个缺欠；他没画难民，革命，水灾，内战，帝国主义的侵略，那也活该。

听说他在今年暑中又去远游，一定会有不少的成绩，自然是最不会负人的。

一九三四年五月，老舍

原载《桑子中画集》，1934年济南永记华洋印书局出版，题名为《舒序》。

观画记

看我们看不懂的事物，是很有趣的；看完而大发议论，更有趣。幽默就在这里。怎么说呢？去看我们不懂得的东西，心里自知是外行，可偏要装出很懂行的样子。譬如文盲看街上的告示，也歪头，也动嘴唇，也背着手；及至有人问他，告示上说的什么，他答以正在数字数。这足以使他自己和别人都感到笑的神秘，而皆大开心。看完再对人讲论一番便更有意思了。譬如文盲看罢告示，回家对老婆大谈政治，甚至因意见不同，而与老婆干起架来，则更热闹而紧张。

新年前，我去看王绍洛先生个人展览的西画。济南这个地方，艺术的空气不像北平那么浓厚。可是近来实在有起色，书画展览会一个接着一个的开起来。王先生这次个展是在十二月二十三日到二十五日。只要有图画看，我总得去看看。因为我对于图画是半点不懂，所以我必须去看，表示我的腿并不外行，能走到会场里去。一到会场，我很会表演。先在签到簿上写上姓名，写得个儿不小，以便引起注意而或者能骗碗茶喝。要作品目录，先数作品的号码，再看标价若干，而且算清价格的总积：假如作品都售出去，能发多大的财。我管这个叫作“艺术的经济”。然后我去看画。设若是中国画，我便靠近些看，细看笔道如何，题款如何，图章如何，裱的绫子厚薄如何。每看一项，或点点头，或摇摇首，好像要给画儿催眠似的。设若是西洋画，我便站得远些看，头部的运动很灵活，有时为看一处的光线，能把耳朵放在肩膀上，如小鸡蹭痒痒然。这么看了一遍，已觉有点累得慌，就找个椅子坐下，眼睛还盯着一张画死看，不管画的好坏，而是因为它恰巧对着那把椅子。这样死盯，不久就招来许多人，都要看出这张图中的一点奥秘。如看不出，便转回头来看我，似欲领教者。我微笑不语，暂且不便泄露天机。如遇上熟人过来问，我才低声的说：“印象派，可还不到后期，至多也不过中期。”或者：“仿宋，还好；就是笔道笨些！”我低声的说，因为怕叫画家自己听见；他听不见呢，我得虎就虎，心中怪舒服的。

其实，什么叫印象派，我和印度的大象一样不懂。我自己的绘画本事限于画“你是王八”的王八，与平面的小人。说什么我也画不上来个偏脸的人，或有四条腿的椅子。可是我不因此而小看自己；鉴别图画的好坏，不能专靠“像不像”；图画是艺术的一支，不是照相。呼之为牛则牛，呼之为马则马；不管画的是什么，你总得“呼”它一下。这恐怕不单是我这样，有许多画家也是如此。我曾看见一位画家在纸上涂了几个黑蛋，而标题曰“群雏”。他大概是我的同路人。他既然能这么干，怎么我就不可以自视为天才呢？那么，去看图画；看完还要说说，是当然的。说得对与不对，我既不负责任，你干吗多管闲事？这不是很逻辑的说法吗？

我不认识王绍洛先生。可是很希望认识他。他画得真好。我说好，就是好，不管别人怎么说。我爱什么，什么就好，没有客观的标准。“客观”，顶不通。你不自己去看，而派一位代表去，叫作客观；你不自己去上电影院，而托你哥哥去看贾波林，叫作客观；都是傻事，我不这么干。我自己去看，而后说自己的话；等打架的时候，才找我哥哥来揍你。

王先生展览的作品：油画七十，素描二十四，木刻七。在量上说，真算不少。对于木刻，我不说什么。不管它们怎样好，反正我不喜爱它们。大概我是有点野蛮劲，爱花红柳绿，不爱黑地白空的东西。我爱西洋中古书籍上那种绘图，因为颜色鲜艳。一看黑漆漆的一片，我就觉得不好受。木刻，对于我，好像黑煤球上放着几个白元宵，不爱！有人给我讲过相对论，我没好意思不听，可是始终不往心里去；不论它怎样相对，反正我觉得它不对。对木刻也是如此，你就是说得天花乱坠，还是黑煤球上放白元宵。对于素描，也不爱看，不过瘾；七道子八道子的！

我爱那些画。特别是那些风景画。对于风景画，我爱水彩的和油的，不爱中国的山水。中国的山水，一看便看出是画家在那儿作八股，弄了些个起承转合，结果还是那一套。水彩与油画的风景真使我接近了自然，不但是景在那里，光也在那里，色也在那里，它们使我永远喜悦，不像中国山水画那样使我离开自然，而细看笔道与图章。这回对了我的劲，王先生的是油画。他的颜色用得真漂亮，最使我快活的是绿瓦上的那一层嫩绿——有光的那一块儿。他有不少张风景画，我因为看出了神，不大记得哪张是哪张了。我也不记得哪张太刺眼，这就是说都不坏，除了那张《汇泉浴场》似乎有点俗气。那张《断墙残壁》很好，不过着色太火气了些；我提出这个，为是证明他喜欢用鲜明的色彩。他是宜于画春夏景物的，据我看。他能画得干净而活泼；我就怕看抹布颜色的画儿。

关于人物，《难民》与《忏悔》是最惹人注意的。我不大爱那三口儿难民，觉得还少点憔悴的样子。我倒爱难民背后的设景：树，远远的是城，城上有云：城和难民是安定与漂流的对照，云树引起渺茫与穷无所归之感。《官邸与民房》也是用这个结构——至少是在立意上。最爱《忏悔》。裸体的男人，用手捧着头，头低着。全身没有一点用力的地方，而又没一点不在紧缩着，是忏悔。此外还有好几幅裸体人形，都不如这张可喜。永不喜看光身的大肿女人，不管在技术上有什么讲究，我是不爱看“河漂子”的。

花了两点钟的工夫，还能不说几句么？于是大发议论，大概是很臭。不管臭不臭吧，的确是很佩服王先生。这决不是捧场；他并没见着我，也没送给我一张画。我说他好歹，与他无关，或只足以露出我的臭味。说我臭，我也不怕，议论总是要发的。伟人们不是都喜欢大发议论么?

原载1934年2月《青年界》第5卷第2号。

记涤洲

死是多么容易想到的事，可是白涤洲的死大概朋友们谁也没想到吧？这才使人跺脚！才三十多岁，天不怕地不怕——因为身体好——精明强干，舍己从人，涤洲，竟自死了；谁在事前敢这么想，谁是疯子；而今“天”是疯了；从青岛到北平，我的泪不能干，不能干！

十六七岁的时候，我俩是同学。虽然隔着班级，不知道怎的我和涤洲最说得来。那时候，他偏着头，穿着瘦蓝布褂，身量就不矮，常考第一。有的同学和他好，有的不大对劲儿；没人恨他。他简单，有点乡下气，好说，也有些不高明而宽厚的幽默。说起西山来，他的眼——老那么扣扣着点——发了光。他得意，自称为山精。我俩很好，可是我找不到他有什么特别可爱的地方。我承认他聪明，没脾气，可是我同时怕他只为考第一，样样功课叫好，而落得什么也不真好；天才往往倒不见得考第一。对他的脾气也是这样，我怕他为太讨好而学圆滑了；我爱硬干的人。

他在师范学校毕业后就派作了校长，接我的手。这时候，我俩的交情更深了些，我看出他的本事，和交友的厚道。我这才明白：他的精明使他更忠厚——本来应当更圆滑——这就是说，他“肯”吃亏。他吃了亏，向好友们说说，一种幽默的出气方法。假若没地方去说，他可受不住。这个人必须有些好友，他自己是个好朋友。我想不起更足以表现他整个人格的称号；对，只有“好朋友”，大家有什么事都找他。有时候因为事的琐细，他说声“他妈的”，可是马上穿起大衫，不怕是在怎样劳累以后，还是去给办那件小事。什么都是他，钱归他拿着，房契由他保存，书在他那里堆着。他高兴，他对事事点头。啊，涤洲，你的死，我们大家都负着责任。你是累死了。

在小学校界里几年，他成了很重要的人物。几个好友都看出来：涤洲不应当这样下去，他应该求学，他有才力。他盘算了一番，只接收这个建议，而不接收任何人的金钱。他考入了北大。一边求学，一边还得养活一家子人。他又接了我的事，在教育会里作干事。大家都说：“涤洲和舍予是一对儿。”其实，我凭哪样赶得上他呢？就以我俩的事说，我的钱，他管着，明知他那么忙。我的家人，他给照应着。我的书，他代保存着；有人借去一本书，他都写个小条钉在书架上。回到北平，我住在他家。我帮助了他什么呢？还不就是能彼此谈得来，他能和我谈那些带“他妈的”的话？夏天我在他那儿住，他满头大汗的回来，抱着个出号的西瓜。脱了大衫，他去找刀："来，舍予，看我宰这个肥的！"吃了瓜，他脱了袜子，脚登在椅上，和我说起来。在他的谈话里，永远不自傲；对于学问，他常叹气；对于作人，他才肯点头——"我是个好人！"把吃亏受累的事都向我诉了委屈，手——那指甲微有点长的手——拍在腿上："嘿，还忘了给老杨去定铺位呢，他后天上南京。"他又跑了，甭管天气多热。

就在这么忙，这么多事的几年中，他居然成了个学者。什么我都敢希望他，除了成为学者。他堵了我的嘴，可是激动了我的心。我不知怎样对他好了：应帮助他成为学者——自然第一是先别求他办事了。不求他办事，怎能行呢？他是我的主心骨！求他办事？当然耽误了他的用功。朋友，涤洲，恐怕不是我一个人对你这样吧？我们想过了，而事情终于托你给办。只有你办得好，只有你肯替我们受累。你是散处各方的朋友的总办事处。你死了，涤洲，我们……说什么呢？！眼泪有什么用呢？！十天没有接到你的信，我还心里说：莘田到了北平，热闹起来，忘了我！我还——该死！——给你汇钱，详详细细的写信，托你给办事。钱汇到北平，电报到了青岛——涤洲病故！

每次到北平来，洗澡，吃饭，买东西，听戏，都是你陪着；这次，你独自睡在法源寺。你的一切，我知道。你的高身量，深色的衣服，手，脸，想主意时把下唇一咬……都记得，都记得，只是没了你，像个梦！

你这一辈子，受过多少累，吃过多少苦，家中遭了多大的变故，你总不灰心，始终努力，就这样死了吗？前年我由济南赶来，是为祭你的夫人，安慰你。你还是笑着，泪终日在眼眶里。去年你过济南，我们谈了半夜。你老那么高兴，要强，不怕，你老是我们中最年少最有为的一位——朋友。朋友！你决不肯——我知道——弃舍了我们。你在我们心中老活着。想起了你，会使我们努力作人，努力治学。命是短的，作好作坏是一样的——早晚得死。有你死在前面，我们懂得了：作好要快呀，命是短的。涤洲，我说不出什么来了。我只能叫几声"好朋友"，哭着跑回青岛。人家说咱俩是一对儿，唉！！！

廿三年十月十七，北平

原载 1934 年 10 月 27 日《国语周刊》第 161 期。

哭白涤洲

十月十二接到电报："涤洲病危"。十四起身；到北平，他已过去。接到电报，隔了一天才动身，我希望在这一天再得个消息——好的。十二号以前，什么信儿都没听到，怎能忽然"病危"？涤洲的身体好，大家都晓得，所以我不信那个电报，而且深信必再有电更正。等了一天，白等；我的心凉了。在火车上我的泪始终在眼里转。车到前门，接我的是齐铁恨——他在南京作事——我俩的泪都流下来了。我恨我晚来了一天，可是铁恨早来一天也没见到"他"。十二的早晨，"他"就走了。

这完全像个梦。八月底，我们三个——涤洲，铁恨，与我——还在南京会着。多么欢喜呀！涤洲张罗着逛这儿那儿，还要陪我到上海，都被我拦住了。他先是同刘半农先生到西北去；半农先生死后，他又跑到西安去讲学。由西安跑到南京，还要随我上上海。我没叫他去。他的身体确是好，但是那么热的天，四下里跑，不是玩的。这只是我的小心；梦也梦不到他会死。他回到北平，有信来，说：又搬了家。以后，再没信了，我心里还说：他大概是忙着作文章呢。敢情他又到河南讲学去了。由河南回来就病。十二号我接到那个电报。这不像个梦？

今天翻弄旧稿，夹着他一封信——去年一月十日在西山发的。“苓儿死去……咽气恰与伊母下葬同时，使我不能不特别哀痛。在家里我抱大庄，家母抱菊，三辈四人，情形极惨。现在我跑到西山，住在第三小学的最下一个院子，偌大的地方只有我一个人。天极冷，风顶大，冰寒的月光布满了庭院，我隔着玻窗，凝望南山，回忆两礼拜来的遭遇，止不住的眼泪流下来！”

“两礼拜来的遭遇”是大孩子蓝死，夫人死，女孩苓死。跟着——老天欺侮起来好人没完！——是菊死，和白老伯死；一气去了五口。蓝是夜间死的，他一边哭一边给我写信。紧跟着又得到白夫人病故的信，我跑回北平去安慰他。他还支持着，始终不放声的哭，可是端茶碗的时候手颤。跟着又死去三口，大家都担心他。他失眠，闭上眼就看见他的孩子。可是他不喝酒，不吸烟，像棵松树似的立着。他要作好到底。现在，剩下六十多的老母，廿多岁的续娶的夫人，与五岁的大庄！人生是什么呢？

朋友里，他最好。他对谁也好。有他，大家的交情有了中心。什么都是他作，任劳任怨的作，会作，肯作，有力气作。对家人，对朋友，永远舍己从人。对事情，明知上当，还作，只求良心上过得去。他很精明，但不掏出手段；他很会办事，多一半是因为肯办，肯认真办。他就这么累死了。

对学问，他很谦虚，总说他自己“低能”。可是在事情那么忙乱的时候，他居然在音韵学上有成就，有著作。他作到别人所不能作到的了：就在家中死了五口以后，他会跑到西北去调查方音！他还笑着说呢：到外边散散心。死了五口，散心？拿调查工作散心，他不是心狠，是尽人力所及的铸造自己。他老要对得起自己，对得起朋友，对得起一生。卅五岁就死去，这样的人，只有无知的老天知道怎回事！

自我一认识他，他仿佛就是个高个子。老推平头，老穿深色的衣服，腮上胡子很重。偶尔穿上洋服，他笑自己。他知道自己不漂亮。同样，他知道自己的一切缺点。有一次，他把件绸子大衫染得发了绿头，他笑着把它藏起去：“这不行，这不行，穿它还能上街？”他什么也不行，他觉得。于是高过他的人，他不巴结。低于他的人，他帮忙。对他自己，在幽默的轻视中去努力。高高的个子，灰色或蓝色的长袍，一天到晚他奔忙。他没有过人的思想，只求在他才力所及的事上，学问上，作人上，去作。他实在。说给他一件新事，或一个新的思想，他要想了，然后他拍着腿：“高！高！”到此为止；他能了解，而永远不能作出来，新的。旧社会的享受，他没享受过；新的，也没享受过。他老想使别人过得去，什么新的旧的，反正自己没占了便宜。自己不占便宜就舒服。因此，他心宽。死了五口，还能支持，还替朋友办事，还努力工作，就是这个力量的果实。谁都说，过了那一场，涤洲什么也不怕了。他竟会死了！

他死的时候，一群朋友围着他，眼看着咽气，没办法。他给朋友帮过多少忙，而大家只能看着他死。他死后，由上海汉口青岛赶来许多朋友，来哭；有什么用呢？他已经死在医院了，老太太还拉着大庄给他送果子来。噢，什么也别说了吧，要惨到什么地步呢！涤洲，涤洲，我们只有哭；没用，是没用。可是，我们是哭你的价值呀。我们能找到比你俊美的人，比你学问大的人，比你思想高的人；我们到哪儿去找一位“朋友”，像你呢？

原载1934年12月《人间世》第17期。

读巴金的《电》

巴金兄——无论如何，这个“兄”是不能减去的，他确是我的朋友；我希望我的意见不被这个“兄”给左右了——是个可爱的人。他坦直忠诚，脸上如是，心中也如是。我只会过他四五次，可是头一次见面就使我爱他。他的官话，要是叫我给打分数，大概过不去六十分。他匆匆忙忙的说，有时候我听不明白他的话，可是我老明白他话中夹着的笑；他的笑是那么亲热，大概无论谁也能觉到他那没能用话来表现清楚的一些热力，他的笑打入你的心里。

设若我没见过他，而只读了他的作品，我定会想到他是个漂亮的人。不，他的文字的魅力在他的身上是找不到的。他那敦厚的样子与他的文字风格好像中间隔着一层打不通的墙壁。可是，在事实上，他确是写了那些理想的漂亮故事。对了，我捉住他了，理想，他是个理想者。他那对近视眼仿佛向内看着他的心，外面的刺激都在他心内净炼过，而后他不惜用全力顺着他的理想来表现。他的人物——至少是在《电》里——简直全顺着他画好的白道上走，他差不多不用旁衬的笔法，以小动作揭显特性，他一直的写来，个个人都是透明的。他也少用个人的心理冲突来增高写实的色彩，他的人物即使有心理的冲突，也被理想给胜过，而不准不为理想而牺牲。因此，这篇不甚长的东西——《电》——像水晶一般的明透，而显着太明透了。这里的青年男女太简单了，太可爱了，可是毛病都坏在这个“太”上。这篇作品没有阴影，没有深浅，除了说它是个理想，简直没法子形容它。他的笔不弱，透明到底；可是，我真希望他再让步一些，把雪里搀上点泥！他的一致使我不敢深信他的人物了，虽然我希望真有这么洁白的一群天使。

他说——在序言里——要表现性格。这个，他没作到。他把一个理想放在人物们心里，大家都被这个理想牵系着；已经没有了自己，怎能充分的展示个性呢？他不许他们任意的活动。他们都不怕死，都愿为理想而牺牲；他不是写个人的生活，而是讲大家怎样的一致。他写的是结果，自然用不着多管个性。恋爱，在这群可钦佩的男女心中，是可怕的；怕因恋爱而耽误了更重要的工作。真的，这使此书脱离开才子佳人的旧套；可是在理想上还是完成才子佳人们，不过这是另一种才子佳人罢了。

最重要的角色，佩珠，简直不是个女人，而是个天使；我真希望有这样的女子！可是哪儿去找呢？她有了一切，只剩一死。别的角色虽然比她差着些，可也都好得像理想中人物那么好。他们性格与事业的关系，使他们有了差别，可是此书的趣味不在写这些差别；假如他注意到此点，这本书必会长出两倍，而成了个活的小世界。他没这么办。一气呵成，他把角色们一齐送到理想的目的地去。他显着有点匆忙。

是呀，他并没敢忘了这群男女在工作上遇到困难，可是这些困难适足以完成他们个人的光荣与死。那些困难与阻力完全没有说明，好像只为预备这么点东西，好反衬出他们是多么纯洁。读者对于黑暗方面只看到一个黑影，不能看到黑影里藏着多少东西，和什么东西。我们从这篇东西只得到高尚的希冀，而得不到实际的教训与指导。这个，据我看，是个缺点，可是也许作者明知这是个缺点，而没法不这样办；他不愿再增多书中的黑点。

在文字方面，作者的笔下非常的利索，清锐可喜。这个风格更使这篇东西透明，像块水晶。他不大段的描写风景，也不大段的描写人物，处处显着匀调，因为他老用敛笔，点到就完，不拖泥带水。这个使巴金兄的充满浪漫气味的作品带着点古典主义的整洁完美。他把大事与小事全那样简洁的叙出，不被大事把他扯了下去，所以他这篇——连附着的那篇《雷》——没有恣肆的地方。他得到了完整，可是同时也失去了不少的感力。

假如上面的话都正确，我似乎更明白了巴金兄一些。他的忠厚的面貌与粗短的身体是那么结实沉重，而在里面有颗极玲珑的浪漫的心。在创造的时节，大概他忘了一切，在心中另开辟了一个热烈的，简单的，有一道电光的世界。这世界不是实在经验与印象的写画，而是经验与印象的放大，在放大的时候极细心的“修版”，希望成为一个有艺术价值的作品。它的不自然，与它的美好，都因为这个。

原载 1935 年 4 月《刁斗》第 2 卷第 1 期。

何容何许人也

粗枝大叶的我可以把与我年纪相仿佛的好友们分为两类。这样的分类可是与交情的厚薄一点也没关系。第一类是因经济的压迫或别种原因，没有机会充分发展自己的才力，到二十多岁已完全把生活放在挣钱养家，生儿养女等等上面去。他们没工夫读书，也顾不得天下大事，眼睛老钉在自己的忧喜得失上。他们不仅不因此而失去他们的可爱，而且可羡慕，因为除非遇上国难或自己故意作恶，他们总是苦乐相抵，不会遇到什么大不幸。他们不大爱思想，所以喝杯咸菜酒也很高兴。

第二类差不多都是悲剧里的角色。他们有机会读书；同情于，或参加过，革命；知道，或想去知道，天下大事；会思想或自己以为会思想。这群朋友几乎没有一位快活的。他们的生年月日就不对：都生在前清末年，现在都在三十五与四十岁之间。礼义廉耻与孝悌忠信，在他们心中还有很大的分量。同时，他们对于新的事情与道理都明白个几成。以前的作人之道弃之可惜，于是对于父母子女根本不敢作什么试验。对以后的文化建设不愿落在人后，可是别人革命可以发财，而他们革命只落个“忆昔当年……”。他们对于一切负着责任：前五百年，后五百年，全属他们管。可是一切都不管他们，他们是旧时代的弃儿，新时代的伴郎。谁都向他们讨税，他们始终就没有二亩地，这些人们带着满肚子的委屈，而且还得到处扬着头微笑，好像天下与自己都很太平似的。

在这第二类的友人中，有的是徘徊于尽孝呢，还是为自己呢？有的是享受呢，还是对家小负责呢？有的是结婚呢，还是保持个人的自由呢？……花样很多，而其基本音调是一个——徘徊、迟疑、苦闷。他们可是也并不敢就干脆不挣扎，他们的理智给感情画出道儿来，结果呢，还是努力的维持旧局面吧，反正得站一面儿，那么就站在自幼儿习惯下来的那一面好啦。这可不是偷懒，捡着容易的作，也不是不厌恶旧而坏的势力，而实在需要很大的勉强或是——说得好听一点——牺牲；因为他们打算站在这一面，便无法不舍掉另一面，而这个另一面正自带着许多迷人的诱惑力量。

何容兄是这样朋友中的一位代表。在革命期间，他曾吃过枪弹：幸而是打在腿上，所以现在还能“不”革命的活着。革命吧，不革命吧，他的见解永不落在时代后头。可是在他的行为上，他比提倡尊孔的人还更古朴，这里所指的提倡尊孔者还是那真心想翼道救世的。他没有一点“新”气，更提不到“洋”气。说卫生，他比谁都晓得。但是他的生活最没规律：他能和友人们一谈谈到天亮，而白天去睡觉。朋友是一切，人家要说到天亮，他决不肯只陪到夜里两点。可有一点，这得看是什么朋友；他要是看谁不顺眼，连一分钟也不肯空空的花费。他的“古道”使他柔顺像个羊，同时能使他硬如铁。当他硬的时候，不要说巴结人，就是泛泛的敷衍一下也不肯。在他柔顺的时候，他的感情完全受着理智的调动：比如说友人的小孩病得要死，他能昼夜的去给守着，而面上老是微笑，希望他的笑能减少友人一点痛苦；及至友人们都睡了，他才独对着垂死的小儿落泪。反之，对于他以为不是东西的人，他全任感情行事，不管人家多么难堪。他“承认”了谁，谁就是完人；有了错过他也要说而张不开口。他不承认谁，乘早不必讨他的厌去。

怎样能被他“承认”呢？第一个条件是光明磊落。所谓光明磊落就是一个人能把旧礼教中那些舍己从人的地方用在一切行动上。而且用得自然单纯，不为着什么利益与必期的效果。他不反对人家讲恋爱，可是男的非给女的提着小伞与低声下气的连唤“嘀耳”不可，他便受不住了，他以为这位先生缺乏点丈夫气概。他不是不明白在“追求”期间这几乎是照例的公事，可是他遇到这种事儿，便夸大的要说他的话了：“我的老婆给我扛着伞，能把人碰个跟头的大伞！”他，真的，不让何太太扛伞。真的，他也不能给她扛伞。他不佩服打老婆的人，加倍的不佩服打完老婆而出来给她提小伞的人，后者不光明磊落。

光明磊落使他不能低三下四的求爱，使他穷，使他的生活没有规律，使他不能多写文章——非到极满意不肯寄走，改，改，改，结果文章失去自然的风趣。作什么他都出全力，为是对得起人，而成绩未必好。可是他愿费力不讨好，不肯希望“歪打正着”。他不常喝酒，一喝起来他可就认了真，喝酒就是喝酒；醉？活该！在他思索的时候，他是心细如发。他以为不必思索的事，根本不去思索，譬如喝酒，喝就是了，管它什么。他的心思忽细忽粗，正如其为人忽柔忽硬。他并不是疯子，但是这种矛盾的现象，使他“阔”不起来。对于自己物质的享受，他什么都能将就；对于择业择友，一点也不将就。他用消极的安贫去平衡他所不屑的积极发展。无求于人，他可以冷眼静观宇宙了，所以他幽默。他知道自己矛盾，也看出世事矛盾，他的风凉话是含着这双重的苦味。

是的，他不像别的朋友们那样有种种无法解决的，眼看着越缠越紧而翻不起身的事。以他来比较他们，似乎他还该算个幸运的。可是我拿他作这群朋友的代表。正因为他没有显然的困难，他的悲哀才是大家所必不能避免的，不管你如何设法摆脱。显然的困难是时代已对个人提出清账，一五一十，清清楚楚。他的默默悲哀是时代与个人都微笑不语，看到底谁能再敷衍下去。他要想敷衍呢，他便须和一切妥协：旧东西中的好的坏的，新东西中的好的坏的，一齐等着他给喊好；只要他肯给它们喊好，他就颇有希望成为有出路的人。他不能这么办。同时他也知道毁坏了自己并不是怎样了不得的事，他不因不妥协而变成永不洗脸的名士。革命是有意义的事，可是他已先偏过了。怎办呢？他只交下几个好朋友，大家到一块儿，有的说便说，没的说彼此就愣着也好。他也教书，也编书，月间进上几十块钱就可以过去。他不讲穿，不讲究食住，外表上是平静沉默，心里大概老有些人家看不见的风浪。真喝醉了的时候也会放声的哭，也许是哭自己，也许是哭别人。

他知道自己的毛病，所以不吹腾自己的好处。不过，他不想改他的毛病，因为改了毛病好像就失去些硬劲儿似的。努力自励的人，假若没有脑子，往往比懒一些的更容易自误误人。何容兄不肯拿自己当个猴子耍给人家看。好，坏，何容是何容：他的微笑似乎表示着这个。对好友们，他才肯说他的毛病，像是："起居无时，饮食无节，衣冠不整，礼貌不周，思而不学，好求甚解而不读书……"只有他自己才能说得这么透彻。催他写文章，他不说忙，而是"慢与忙有关系，因优故忙"。因为"作文章像暖房里人工孵鸡，鸡孵出来了，人得病一场！"

他若穿起军服来，很像个营里的书记长。胸与肩够宽，可惜脸上太白了些，不完全像个兵。脸白，可并不美。穿起蓝布大衫，又像个学校里不拿事的庶务员。面貌与服装都没什么可说，他的态度才是招人爱的地方，老是安安稳稳，不慌不忙，不多说话，但说出来就得让听者想那么一会儿。香烟不离口；酒不常喝，而且喝多了在两天之后才现醉像——

这使朋友们视他为“异人”；他自己也许很以此自豪，虽然“晚醉”和“早醉”是一样受罪的。他喜爱北平，大概最大的原因是北平有几位说得来的朋友。

原载1935年12月《人间世》第41期。

代语堂先生拟赴美宣传大纲

话说林语堂先生，头戴纱帽盔，上面两个大红丝线结子；遮目的是一对崂山水晶墨镜，完全接近自然，一点不合科学的制法。身上穿着一件宝蓝团龙老纱大衫，铜钮扣，没有领子——因为反对洋服的硬领，所以更进一步的爽性光着脖子。脚上一双青大缎千层底圆口皂鞋，脚脖儿上豆青的绸带扎住裤口。右手里一把斑竹八根架纸扇，一面画的是淡墨山水，一面自己写的一小段舒白香游山日记——写得非常的好，因为每个字旁都由林先生自己画了双圈。左手提着云南制的水烟袋，托子是珐琅的，非常的古艳。

林先生的身上自然还有别的东西，一一的说来未免有点烦絮；总而言之，他身上没有一件足以惹人怀疑是否国产的物品。这倒不全为提倡国货；每一件东西都是顶古雅精美的，顺手儿也宣传着东方文化。

林先生本打算雇一条带帆的渔船，或西湖上的游艇，在太平洋里一面钓着鱼，一面缓缓前进。这个办法既足以证实他的艺术生活，又足以使两个老渔夫或一对船娘能自食其力的挣口饭吃——后者恐怕是这个计划的主要目的。不过，即使大家都不怕慢，走上三五个月满不在乎，可是小船——虽然是那么有画意——恐怕干不过海洋里的风浪。真要是把老渔夫或船娘都喂了海鱼，未免有悖于人道主义。算了吧，只好坐海船吧。

为减少轮船上的俗气与洋味，林先生带着个十岁的小书童：头上梳着两个抓髻，系着鲜红的头绳。林先生坐在甲板上的藤椅上，书童捧着瑶琴一旁侍立。琴上无弦，省得去弹；只是个“意思”而已。

一“海”无话，林先生吃得胖胖的，就到了美国。船一到码头，新闻记者如蜜蜂一般拥上前来，全是找林先生的。林先生命书童点起檀香，提着景泰蓝香炉在前引路，徐徐的前进。新闻记者围上前来，林先生深感不快，乃曼声曰：“吾乃——‘吾国吾民’之著者是也！没别的可说！”众畏其威，乃退。不过，林先生的相，在他没甚留神的时候，已被他们照了去；在当日的晚报就登印出来。

歇兵三日，林先生拟出宣传大纲：

一、男人应否怕老婆——阳纲不振为西方文化之大毛病。予之来所以使懦夫立也——林先生的文字是文言与白话两掺着的，特别是在草拟大纲的时候。公鸡打鸣，母鸡生蛋，天然有别。不可强易。男女平等，本是男的种田，女的纺线，各尽其职之谓。反之，像英美各国，男儿拼命挣钱，老婆不管洗衣作饭；哪道婚姻，什么平等！妇道不修，于是在恋爱之前已打听好怎样离婚，以便争取生活费，哀哉！中国古圣先贤都说夫为妻纲，已预知此害；西方无此种圣人，故大吃其亏。宜速迎东方活圣人一位，封为国师！

二、男人怎样可以不怕老婆——在今日的中国，怕老婆者穿洋服。与夫人同行，代她拿伞，抱孩子。洋服者，西洋之服，自古已然，怕老婆非一日矣！为今之计，西洋男子应马上改穿中服，以免万劫茫茫。中服威严，虽贾波林穿上亦无局促瘦窘之相。望而生畏，女人不敢大发雌威矣。中服舒服，男人知道求舒服，女人即知责任之所在；反之，自上锁镣，硬领皮鞋，以示甘受苦刑，则女人见景生情，必使跪着顶灯！猛醒吧，西洋男子！中服使人安详自在。气度安详，则威而不猛，增高身分。譬若老婆发了命令，穿大衫之丈夫可漫应之，Yes，dear；而许久不动，直至对方把命令改成央求，乃徐徐起立。穿西服之丈夫鲜能为此：洋服表示干净利落之精神，一闻令下，必须疾驱而前，显出敏捷脆快；Yes，dear，未及说完，早已一道闪光而去，脸上笑容充满宇宙。久之，夫人并发令之劳且厌之，而眉指颐使，丈夫遂成了专看眼神的动物！这还了得，西洋男子必须革命！

三、中西文化及其苍蝇——东方人的闲适，使苍蝇也得到自由；西方人的固执，苍蝇大受压迫。世界大同，虽是个理想，但总有实现之一日。以苍蝇言，在大同主义之下，必有其东方的自由，而受过西方科学的洗礼；“明日”之苍蝇必为消毒的苍蝇，活泼泼的而不负传染恶疾的责任。此事虽小，足以喻大；明乎此，可与言东西文化之交映成辉矣。（此项下还有许多节目，如中西文化及其蜈蚣，中西文化及其青蛙等，即不备录。）

四、东西的艺术及其将来：西方的艺术大体上说来，总免不了表现肉感，裸体画与雕刻是最明显的例子。东方的艺术，反之，却表现着清涤肉感，而给现实生活一些云烟林水之气。由这一点上来看，西方的精神是斑斓猛虎，有它的猛勇，活跃，及直爽；东方的精神是淡远的秋林，有它的安闲，静恬，及含蓄。这样说来，仿佛各有所长，船多并不碍江。可是细那么一想，则东方的精神实在是西方文化的矫正，特别是在都市文化发达到出了毛病的时候——像今日。西方今日之需要静恬，就是没别的更好的办法，至少也须常常看到一种秋江夕照的图画（如林先生扇子上所画的那个），常常听到一种平沙落雁的音乐，而把客厅里悬着的大光眼儿，二光眼儿，一律暂时收起。光屁股艺术有它的直爽与健康，但乐园的亚当与夏娃并非只以一丝不挂为荣，还有林花虫蝶之乐。况且假若他俩多注意些花鸟之趣，而一心无邪，恐怕到如今还住在那里——闲着画几幅山水儿什么的，给天使们鉴赏，岂不甚好？！

五、吾国与吾民——有书为证，顶好大家手执一册，焚香静读，你们多得些知识，我多收点版税，两有益的事儿。

六、幽默的意义与技巧——专为美国大学生讲；女生暂不招待，以使听完不懂得发笑，大杀风景。

七、中国今日的文艺——专为研究比较文学的讲演，听讲时须各携烟斗或香烟与洋火。讲题：（1）《论语》的创始与发展。（2）《人间世》的生灭。（3）《宇宙风》怎样刮风。

原载1936年8月5日《逸经》第11期。

我的几个房东

——留英回忆之二

初到伦敦，经艾温士教授的介绍，住在了离“城”有十多英里的一个人家里。房主人是两位老姑娘。大姑娘有点傻气，腿上常闹湿气，所以身心都不大有用。家务统由妹妹操持，她勤苦诚实，且受过相当的教育。

她们的父亲是开面包房的，死后，把面包房给了儿子，给二女一人一处小房子。她们卖出一所，把钱存在银行生息。其余的一所，就由她们合住。妹妹本可以去作，也真作过，家庭教师。可是因为姐姐需人照管，所以不出去作事，而把楼上的两间屋子租给单身的男人，进些租金。这给妹妹许多工作，她得给大家作早餐晚饭，得上街买东西，得收拾房间，得给大家洗小衣裳，得记账。这些，已足使任何一个女子累得喘不过气来。可是她于这些工作外，还得答复朋友的信，读一两段圣经，和作些针线。

她这种勤苦忠诚，倒还不是我所佩服的。我真佩服她那点独立的精神。她的哥开着面包房，到圣诞节才送给妹妹一块大鸡蛋糕！她决不去求他的帮助，就是对那一块大鸡蛋糕，她也马上还礼，送给她哥一点有用的小物件。当我快回国时去看她，她的背已很弯，发也有些白的了。

自然，这种独立的精神是由资本主义的社会制度逼出来的，可是，我到底不能不佩服她。

在她那里住过一冬，我搬到伦敦的西部去。这回是与一个叫艾支顿的合租一层楼。所以事实上我所要说的是这个艾支顿——称他为二房东都勉强一些——而不是真正的房东。我与他一气在那里住了三年。

这个人的父亲是牧师，他自己可不信宗教。当他很年轻的时候，他和一个女子由家中逃出来，在伦敦结了婚，生了三四个小孩。他有相当的聪明，好读书。专就文字方面上说，他会拉丁文，希腊文，德文，法文，程度都不坏。英文，他写得非常的漂亮。他作过一两本讲教育的书，即使内容上不怎样，他的文字之美是公认的事实。我愿意同他住在一起，差不多是为学些地道好英文。在大战时，他去投军。因为心脏弱，报不上名。他硬挤了进去。见到了军官，凭他的谈吐与学识，自然不会被叉去帐外。一来二去，他升到中校，差不多等于中国的旅长了。

战后，他拿了一笔不小的遣散费，回到伦敦，重整旧业，他又去教书。为充实学识，还到过维也纳听弗洛衣德（现通译为弗洛伊德）的心理学。后来就在牛津的补习学校教书。这个学校是为工人们预备的，仿佛有点像国内的暑期学校，不过目的不在补习升学的功课。作这种学校的教员，自然没有什么地位，可是实利上并不坏：一年只作半年的事，薪水也并不很低。这个，大概是他的黄金“时代”。以身份言，中校；以学识言，有著作；以生活言，有个清闲舒服的事情。

也正是在这个时候，他和一位美国女子发生了恋爱。她出自名家，有硕士的学位。来伦敦游玩，遇上了他。她的学识正好补足他的，她是学经济的；他在补习学校演讲关于经济的问题，她就给他预备稿子。

他的夫人告了。离婚案刚一提到法厅，补习学校便免了他的职。这种案子在牛津与剑桥还是闹不得的！离婚案成立，他得到自由，但须按月供给夫人一些钱。

在我遇到他的时候，他正极狼狈。自己没有事，除了夫妇的花销，还得供给原配。幸而硕士找到了事，两份儿家都由她支持着。他空有学问，找不到事。可是两家的感情渐渐的改善，两位夫人见了面，他每月给第一位夫人送钱也是亲自去，他的女儿也肯来找他。这个，可救不了穷。穷，他还很会花钱。作过几年军官，他挥霍惯了。钱一到他手里便不会老实。他爱买书，爱吸好烟，有时候还得喝一盅。我在东方学院遇见了他，他到那里学华语；不知他怎么弄到手里几镑钱。便出了这个主意。见到我，他说彼此交换知识，我多教他些中文，他教我些英文，岂不甚好？为学习的方便，顶好是住在一处，假若我出房钱，他就供给我饭食。我点了头，他便找了房。

艾支顿夫人真可怜。她早晨起来，便得作好早饭。吃完，她急忙去作工，拚命的追公共汽车；永远不等车站稳就跳上去，有时把腿碰得紫里蒿青。五点下工，又得给我们作晚饭。她的烹调本事不算高明，我俩一有点不爱吃的表示，她便立刻泪在眼眶里转。有时候，艾支顿卖了一本旧书或一张画，手中攥着点钱，笑着请我们出去吃一顿。有时候我看她太疲乏了，就请他俩吃顿中国饭。在这种时节，她喜欢得像小孩子似的。

他的朋友多数和他的情形差不多。我还记得几位：有一位是个年轻的工人，谈吐很好，可是时常失业，一点也不是他的错儿，怎奈工厂时开时闭。他自然的是个社会主义者，每逢来看艾支顿，他俩便粗着脖子红着脸的争辩。艾支顿也很有口才，不过与其说他是为政治主张而争辩，还不如说是为争辩而争辩。还有一位小老头也常来，他顶可爱。德文，意大利文，西班牙文，他都能读能写能讲，但是找不到事作；闲着没事，他只为一家磁砖厂吆喝买卖，拿一点扣头。另一位老者，常上我们这一带来给人家擦玻璃，也是我们的朋友。这个老头是位博士。赶上我们在家，他便一边擦着玻璃，一边和我们讨论文学与哲学。孔子的哲学，泰戈尔的诗，他都读过，不用说西方的作家了。

只提这么三位吧，在他们的身上使我感到工商资本主义的社会的崩溃与罪恶。他们都有知识，有能力，可是被那个社会制度捆住了手，使他们抓不到面包。成千论万的人是这样，而且有远不及他们三个的！找个事情真比登天还难！

艾支顿一直闲了三年。我们那层楼的租约是三年为限。

住满了，房东要加租，我们就分离开，因为再找那样便宜，和恰好够三个人住的房子，是大不容易的。虽然不在一块儿住了，可是还时常见面。艾支顿只要手里有够看电影的钱，便立刻打电话请我去看电影。即使一个礼拜，他的手中彻底的空空如也，他也会约我到家里去吃一顿饭。自然，我去的时候也老给他们买些东西。这一点上，他不像普通的英国人，他好请朋友，也很坦然的接受朋友的约请与馈赠。有许多地方，他都带出点浪漫劲儿，但他到底是个英国人，不能完全放弃绅士的气派。

直到我回国的时际，他才找到了事——在一家大书局里作顾问，荐举大陆上与美国的书籍，经书局核准，他再找人去翻译或——若是美国的书——出英国版。我离开英国后，听说他已被那个书局聘为编辑员。

离开他们夫妇，我住了半年的公寓，不便细说；房东与房客除了交租金时见一面，没有一点别的关系。在公寓里，晚饭得出去吃，既费钱，又麻烦，所以我又去找房间。这回是在伦敦南部找到一间房子，房东是老夫妇，带着个女儿。

这个老头儿——达尔曼先生——是干什么的，至今我还不清楚。一来我只在那儿住了半年，二来英国人不喜欢谈私事，三来达尔曼先生不爱说话，所以我始终没得机会打听。偶尔由老夫妇谈话中听到一两句，仿佛他是木器行的，专给人家设计作家具。他身边常带着尺。但是我不敢说肯定的话。

半年的工夫，我听熟了他三段话——他不大爱说话，但是一高兴就离不开这三段，像留声机片似的，永远不改。第一段是贵族巴来，由非洲弄来的钻石，一小铁筒一小铁筒的！每一块上都有个记号！第二段是他作过两次陪审员，非常的光荣！第三段是大战时，一个伤兵没能给一个军官行礼，被军官打了一拳。及至看明了那是个伤兵，军官跑得比兔子还快；不然的话，非教街上的给打死不可！

除了这三段而外，假若他还有什么说的，便是重述《晨报》上的消息与意见。凡是《晨报》所说的都对！

这个老头儿是地道英国的小市民，有房，有点积蓄，勤苦，干净，什么也不知道，只晓得自己的工作是神圣的，英国人是世界上最好的人。

达尔曼太太是女性的达尔曼先生，她的意见不但得自《晨报》，而且是由达尔曼先生口中念出的那几段《晨报》，她没工夫自己去看报。

达尔曼姑娘只看《晨报》上的广告。有一回，或者是因为看我老拿着本书，她向我借一本小说。随手的我给了她一本威尔思的幽默故事。念了一段，她的脸都气紫了！我赶紧出去在报摊上给她找了本六个便士的罗曼司，内容大概是一个女招待嫁了个男招待，后来才发现这个男招待是位伯爵的承继人。这本小书使她对我又有了笑脸。

她没事作，所以在分类广告上登了一小段广告——教授跳舞。她的技术如何，我不晓得，不过她声明愿减收半费教给我的时候，我没出声。把知识变成金钱，是她，和一切小市民的格言。

她有点苦闷，没有男朋友约她出去玩耍，往往吃完晚饭便假装头疼，跑到楼上去睡觉。婚姻问题在那经济不景气的国度里，真是个没法办的问题。我看她恐怕要窝在家里！“房东太太的女儿”往往成为留学生的夫人，这是留什么外史一类小说的好材料；其实，里面的意义并不止是留学生的荒唐呀。

原载1936年12月1日《西风》第4期。

无题（因为没有故事）

人是为明天活着的，因为记忆中有朝阳晓露；假若过去的早晨都似地狱那么黑暗丑恶，盼明天干吗呢？是的，记忆中也有痛苦危险，可是希望会把过去的恐怖裹上一层糖衣，像看着一出悲剧似的，苦中有些甜美。无论怎说吧，过去的一切都不可移动；实在，所以可靠；明天的渺茫全仗昨天的实在撑持着，新梦是旧事的拆洗缝补。

对了，我记得她的眼。她死了好多年了，她的眼还活着，在我的心里。这对眼睛替我看守着爱情。当我忙得忘了许多事，甚至于忘了她，这两只眼会忽然在一朵云中，或一汪水里，或一瓣花上，或一线光中，轻轻的一闪，像归燕的翅儿，只须一闪，我便感到无限的春光。我立刻就回到那梦境中，哪一件小事都凄凉，甜美，如同独自在春月下踏着落花。

这双眼所引起的一点爱火，只是极纯的一个小火苗，像心中的一点晚霞，晚霞的结晶。它可以烧明了流水远山，照明了春花秋叶，给海浪一些金光，可是它恰好的也能在我心中，照明了我的泪珠。

它们只有两个神情：一个是凝视，极短极快，可是千真万确的是凝视。只微微的一看，就看到我的灵魂，把一切都无声的告诉了给我。凝视，一点也不错，我知道她只须极短极快的一看，看的动作过去了，极快的过去了，可是，她心里看着我呢，不定看多么久呢；我到底得管这叫作凝视，不论它是多么快，多么短。一切的诗文都用不着，这一眼道尽了“爱”所会说的与所会作的。另一个是眼珠横着一移动，由微笑移动到微笑里去，在处女的尊严中笑出一点点被爱逗出的轻佻，由热情中笑出一点点无法抑止的高兴。

我没和她说过一句话，没握过一次手，见面连点头都不点。可是我的一切，她知道；她的一切，我知道。我们用不着看彼此的服装，用不着打听彼此的身世，我们一眼看到一粒珍珠，藏在彼此的心里；这一点点便是我们的一切，那些七零八碎的东西都是配搭，都无须注意。看我一眼，她低着头轻快的走过去，把一点微笑留在她身后的空气中，像太阳落后还留下一些明霞。

我们彼此躲避着，同时彼此愿马上搂抱在一处。我们轻轻的哀叹；忽然遇见了，那么凝视一下，登时欢喜起来，身上像减了分量，每一步都走得轻快有力，像要跳起来的样子。

我们极愿意过一句话，可是我们很怕交谈，说什么呢？哪一个日常的俗字能道出我们的心事呢？让我们不开口，永不开口吧！我们的对视与微笑是永生的，是完全的，其余的一切都是破碎微弱，不值得一作的。

我们分离有许多年了，她还是那么秀美，那么多情，在我的心里。她将永远不老，永远只向我一个人微笑。在我的梦中，我常常看见她，一个甜美的梦是最真实，是纯洁，最完美的。多少多少人生中的小困苦小折磨使我丧气，使我轻看生命。可是，那个微笑与眼神忽然的从哪儿飞来，我想起唯有“人面桃花相映红”差可托似的一点心情与境界，我忘了困苦，我不再丧气，我恢复了青春；无疑的，我在她的洁白的梦中，必定还是个美少年呀。

春在燕的翅上，把春光颤得更明了一些，同样，我的青春在她的眼里，永远使我的血温暖，像土中的一颗子粒，永远想发出一个小小的绿芽。一粒小豆那么小的一点爱情，眼珠一移，嘴唇一动，日月都没有了作用，到无论什么时候，我们总是一对刚开开的春花。

不要再说什么，不要再说什么！我的烦恼也是香甜的呀，因为她那么看过我！

原载 1937 年 6 月 10 日《谈风》第 16 期。

鲁迅先生逝世二周年纪念

我所认识的鲁迅先生，是从他的著作中见到的，我没有与他会过面。当鲁迅先生创造出阿 Q 的时候，我还没想到到文艺界来作一名小卒，所以就没有访问求教的机会与动机。及至先生住沪，我又不喜到上海去，故又难得相见。四年前的初秋，我到上海，朋友们约我吃饭，也约先生来谈谈。可是，先生的信须由一家书店转递；他第二天派人送来信，说：昨天的信送到的太晚了。我匆匆北返，二年的工夫没能再到上海，与先生见面的机会遂永远失掉！

在一本什么文学史中（书名与著者都想不起来了），有大意是这样的一句话："鲁迅自成一家，后起摹拟者有老舍等人。"这话说得对，也不对。不对，因为我是读了些英国的文艺之后，才决定也来试试自己的笔，狄更斯是我在那时候最爱读的，下至于乌德豪司（现通译为沃德豪斯）与哲扣布（现通译为雅各布斯）也都使我欣喜。这就难怪我一拿笔，便向幽默这边滑下来了。对，因为像阿 Q 那样的作品，后起的作家们简直没法不受他的影响；即使在文字与思想上不便去摹仿，可是至少也要得到一些启示与灵感。它的影响是普遍的。一个后起的作家，尽管说他有他自己的创作的路子，可是他良心上必定承认他欠鲁迅先生一笔债。鲁迅先生的短文与小说才真使新文艺站住了脚，能与旧文艺对抗。这样，有人说我是“鲁迅派”，我当然不愿承认，可是决不肯灭着良心否认阿 Q 的作者的伟大，与其作品的影响的普遍。

我没见过鲁迅先生，只能就着他的著作去认识他，可是现在手中连一本书也没有！不能引证什么了，凭他所给我的印象来作这篇纪念文字吧。这当然不会精密，容或还有很大的错误，可是一个人的著作能给读者以极强极深的印象，即使其中有不尽妥确之处，是多么不容易呢！看了泰山的人，不一定就认识泰山，但是泰山的高伟是他毕生所不能忘记的。他所看错的几点，并无害于泰山的伟大。

看看《鲁迅全集》的目录，大概就没人敢说：这不是个渊博的人。可是渊博二字还不是对鲁迅先生的恰好的赞词。学问渊博并不见得必是幸福。有的人，正因其渊博，博览群籍，出经入史，所以他反倒不敢道出自己的意见与主张，而取着述而不作的态度。这种人好像博物院的看守者，只能保守，而无所施展。有的人，因为对某种学问或艺术的精究博览，就慢慢的摆出学者的架子，把自己所知的那些视为研究的至上品，此外别无他物，值得探讨，自己的心得是前无古人，后无来者；假若他也喜创作的话，他必是从他所阅览过的作品中，求字字句句有出处，有根据；他“作”而不“创”。他牺牲在研究中，而且牺牲得冤枉。让我们看看鲁迅先生吧。在文艺上，他博通古今中外，可是这些学问并没把他吓住。他写古文古诗写得极好，可并不尊唐或崇汉，把自己放在某派某宗里去，以自尊自限。古体的东西他能作，新的文艺无论在理论上与实验上，他又都站在最前面；他不以对旧物的探索而阻碍对新物的创造。他对什么都有研究的趣味，而永远不被任何东西迷住心。他随时研究，随时判断。他的判断力使他无论对旧学问或新知识都敢说话。他的话，不是学究的掉书袋，而是准确的指示给人们以继续研讨的道路。

学问比他更渊博的，以前有过，以后还有；像他这样把一时代治学的方法都抓住，左右逢源的随时随事都立在领导的地位，恐怕一个世纪也难见到一两位吧。吸收了“五四”运动的“从新估价”的精神，他疑古反古，把每时代的东西还给每时代。博览了东西洋的文艺，他从事翻译与创作。他疑古，他也首创，他能写极好的古体诗文，也热烈的拥护新文艺，并且牵引着它前进。他是这一时代的纪念碑。在文艺上，事事他关心，事事他有很高的成就。天才比他小一点的，努力比他少一点的，只能循着一条路线前进，或精于古，或专于新；他却像十字路口的警察，指挥着全部交通。在某一点上，有人能突破他的记录，可是有谁敢和他比比“全能”比赛呢！

也许有人会说：在文艺理论方面，鲁迅先生只尽了介绍的责任，并未曾建设出他自己的有系统的学说；而且所介绍的也显着杂乱不纯。假若这话是对的，就请想想看吧：批判别人的时候，不是往往忘却别人的努力，而老嫌人家作得不够吗？设若能看到这一点，我们不是应当看看自己，我们自己假如也把研究、创作、翻译，同时并作，像鲁迅先生那样，我们的成绩又能有多少呢？我们就是对于一位圣人，也应不客气的批评，可是我们也应当晓得批评不仅是发威，而是于批评中，取得被批评者的最良最崇高的精神，以自策自励。鲁迅先生能于整理国故而外，去介绍，去翻译，就已经是难能可贵的事。一个人的精力与天才永远不能完全与他的志愿与计划相配合，人生最大的苦痛啊！只有明知这苦痛是越来越深，而杀上前去，以身殉志的，才是英雄。鲁迅先生的精神便是永远不屈不挠，不自满，不自馁。鲁迅先生的精神能以不死，那就靠后起者也能死而后已的继续努力。抓住一位英雄的弱点以开心自慰，既无损于英雄，又无益于自己，何苦来呢！

还有人也许说，鲁迅先生的后期著作，只是一些小品文，未免可惜，假若他能闭户写作，不问外间的事，也许能写出比阿 Q 更伟大的东西，岂不更好？

是的，鲁迅先生也许能那样的写出更伟大的作品。可是，那就不成其为鲁迅先生了。希望鲁迅先生去专心著作的人，虽然用着惋惜的语调，可是心中实在暗暗的不满意！不满意他因爱护青年，帮忙青年，而用去许多时间；不满意他因好管闲事而浪费了许多笔墨。

我不晓得假若鲁迅先生关上屋门，立志写伟大的作品，能够有什么贡献；我不喜猜想。我却准知道鲁迅先生的爱护青年与好管闲事是值得钦佩的事，他有颗纯洁的心，能接近青年；他有奋斗的怒火，去管闲事。是的，先生的爱护青年，有时候近于溺爱了；可是佛连一个蚂蚁也爱呢！母亲的伟大往往使她溺爱儿女；这只有母亲自己晓得其中的意义，旁观者只能表示惋惜与不满，因为旁观者不是母亲，也就代替不了母亲，明白不了母亲，自己不是母亲，没有慈心，觉得青年们都应该严加管束，把青年们管束得像羊羔一样老实，长者才可逍遥自在的为所欲为。为长者计，这实在是不错的办法。可是，青年呢？长者的聪明往往把“将来”带到自己的棺材里去，青年成了殉葬者。鲁迅先生不是这样的长者，他宁可少写些文章，而替青年们看稿子；他宁可少享受一些，而替青年们掏钱印书，他提拔青年，因为他不肯只为自己的不朽，而把青年们活埋了。这也许是很傻的事吧？可是最智慧的人似乎都有点傻气。

至于爱管闲事，的确使鲁迅先生得罪了不少的人。他的不留情的讽刺讥骂，实在使长者们难堪，因此也就要不得。中国人不会愤怒，也不喜别人挂火，而鲁迅先生却是最会挂火的人。假若他活到今日，我想他必不会老老实实的住在上海，而必定用他的笔时时刺着那些不会怒，不肯牺牲的人们的心。在长者们，也许暗中说句：“幸而那个家伙死了。”可是，我们上哪里去找另一个鲁迅呢？我们自惭；自惭假若没有多少用处，让我们在纪念鲁迅先生的时候，挺起我们的胸来吧！

只写了些小品文吗？据我看，鲁迅先生的最大成就便是小品文。我敢说，他的学问限制不了后起者的更进一步，他的小说也拦不住后起者的猛进直前。小品文，在五十年内恐怕没有第二把手，来与他争光。他会怒，越怒，文字越好。文字容易摹仿，怒火可是不易借来。他的旧学问好，新知识广博，他能由旧而新，随手拾掇极精确的字与词，得到惊人的效果。你只能摘用他所用过的，而不易像他那样把新旧的工具都搬来应用，用创造的能力把古今的距离缩短，而成为他独有的东西。他长于古文古诗，又博览东西的文艺，所以他会把最简单的言语（中国话），调动得（极难调动）跌宕多姿，永远新鲜，永远清晰，永远软中透硬，永远厉害而不粗鄙。他以最大的力量，把感情、思想、文字，容纳在一两千字里，像块玲珑的瘦石，而有手榴弹的作用。只写了些短文么？啊，这是前无古人，恐怕也是后无来者的，文艺建设！

燃起我们的怒火吧，青年！以学识，以正义感，以最有力的文字，尽力于抗战建国的事业吧！在抗战中纪念鲁迅先生，我们必须有这个决心！

原载1938年10月22日《抗战文艺》第2卷第7期。

怀友

虽然家在北平，可是已有十六七年没在北平住过一季以上了。因此，对于北平的文艺界朋友就多不相识。

不喜上海，当然不常去，去了也马上就走开，所以对上海的文艺工作者认识的也很少。

有三次聚会是终生忘不掉的：一次是在北平，杨今甫与沈从文两先生请吃饭，客有两桌，酒是满坛；多么快活的日子啊！今甫先生拳高量雅，喊起来大有威风。从文先生的拳也不弱，杀得我只有招架之功，并无还手之力。那快乐的日子，我被写家们困在酒阵里！最勇敢的是叶公超先生，声高手快，连连挑战。朱光潜先生拳如其文，结结实实，一字不苟。朱自清先生不慌不忙，和蔼可爱。林徽音女士不动酒，可是很会讲话。几位不吃酒的，谈古道今，亦不寂寞，有罗膺中先生，黎锦明先生，罗莘田先生，魏建功先生……其中，莘田是我自幼的同学，我俩曾对揪小辫打架，也一同逃学去听《施公案》。他的酒量不大，那天也陪了我几杯，多么快乐的日子！这次遇到的朋友，现在大多数是在昆明，每个人都跑了几千里路。他们都最爱北平，而含泪逃出北平；什么京派不京派，他们的气节不比别人低一点呀！那次还有周作人先生，头一回见面，他现在可是还在北平，多么伤心的事！

第二次是在上海，林语堂与邵洵美先生请客，我会到沈有乾、简又文诸先生。第三次是郑振铎先生请吃饭，我遇到茅盾，巴金，黎烈文，徐调孚，叶圣陶诸位先生。这些位写家们，在抗战中，我只会到了三位：简又文、圣陶与茅盾。在上海的，连信也不便多写，在别处的，又去来无定，无从通信。不过，可以放心的，他们都没有逃避，都没有偷闲，由友人们的报告，知道他们都勤苦的操作，比战前更努力。那可纪念的酒宴，等咱们打退了敌人是要再来一次呀！今日，我们不教酒杯碰着手，胜利是须“争”取来的啊！我们须紧握着我们的武器！

在山东住了整七年。在济南，认识了马彦祥与顾绶昌先生。在青岛，和洪深，孟超，王余杞，臧克家，杜宇，刘西蒙，王统照诸先生常在一处，而且还合编过一个暑期的小刊物。洪深先生在春天就离开青岛，孟超与杜宇先生是和我前后脚在七七以后走开的。多么可爱的统照啊，每次他由上海回家——家就在青岛——必和我喝几杯苦露酒。苦露，难道这酒名的不祥遂使我们有这长别离么？不，不是！那每到夏天必来示威的日本舰队——七十几艘，黑乎乎的把前海完全遮住，看不见了那青青的星岛——才是不祥之物呀！日本军阀不被打倒，我们的命都难全，还说什么朋友与苦露酒呢？

朋友们，我常常想念你们！在想念你们的时候，我就也想告诉你们：我在武汉，在重庆，又认识了许多许多文艺界的朋友，都贫苦，可是都快活，因为他们都团结起来，组织了文艺协会，携着手在一处工作。我也得说，他们都时时关切着你们，不但不因为山水相隔而彼此冷淡，反倒是因为隔离而更亲密。到胜利那一天啊，我们必会开一次庆祝大会，山南海北的都来赴会，用酒洗一洗我们的笔，把泪都滴在手背上，当我们握手的时候。那才是我们最快乐的日子啊！胜利不是梦想，快乐来自艰苦，让我们今日受尽了苦处，卖尽了力气，去取得胜利与快乐吧！

原载1939年4月《抗战文艺》第4卷第1期。

去年今日

去年七月十七，我随北路慰问团到达洛阳，刚下了旅舍，便接到之的兄的电话，约到他们那里去吃午饭。他们——作家战地访问团全体——都住在西车站的一所房子里。房子相当的好，院里有高高的梧桐与不少的花草。大家见面，虽然只别离了几十天，那种欣喜可是不易形容的，大家多数的是在写着一些什么，我没有问他们，可是能猜到必是整理路上所获得的材料呢。天气很热，可是大家不肯偷闲，即使要偷闲，恐怕有礼锡先生那两只和善的眼，那低而恳切的语声，那不断的笑意，老在有意无意的督励着，谁也就不大好意思了吧！他的年纪、态度、热心、名誉、学问，都正好作这一团人的团长。

那些天，正赶上北方的雨季，一会儿晴，一会儿阴；一阴便下起扯天扯地的大雨。我们都没法离开洛阳。也许是冒着雨，或是乘着初晴，我几乎是每天去看他们。大家整理材料，写稿子，读书，开座谈会，天天都相当的忙。用不着说，礼锡先生是最忙，因为在团内的工作而外，还须到处奔走，接洽，交际，可是，他没有一句怨言。他忙而不慌，老是那么婆婆妈妈的，勤苦而不急躁。有一天，因为空袭，他只理了半边头发，就跑回来了；他只是笑——这点幽默感理应是长寿的。对于团员们，他每向我谈论，总是说大家的精神很好；他好像是决不忍批评任何人！

天热，事忙，他的样子有点显着疲倦，但绝无病容。恐怕呀，那时候他已经是病了，而勉强支持着——在英国几年中所受的饥寒，大概已教他习惯了与困苦争斗，把苦处咽在肚子里，脸上还露出快乐与活泼来。

直到七月三十日，我们才能动身，访问团却早走了两天。我因患痢，没有能送他们走——谁知道与礼锡先生就不能再见了呢！

八月十九，我们绕回西安，二十四日，我与友人上了终南山，二十六日下山进城。二十七早晨看报："作家访问团团长王礼锡先生在洛阳病逝！"

和礼锡先生相识，一共不过半年。可是相识的久暂并不就能决定交情的深浅。有两三个月，我们几乎是每天见面。我们很说得来。他是那么能容纳人，乍一看，我还以为他是故示宽大，好拉拢人；及至谈过几次之后，我明白了他。他对任何人的弱点，在谈话中，都给予原谅：而且是对友人的行动的不得已，与他的宽厚中，提出他的意见——是批评，也是原谅。这种话使谁听了也得相信，因为说话的人是那么从容，真诚，热情。这种话不但解除或减轻了友人们之间的误会，而且使听者也受了感动，也学着把心田放宽了一些——把心放宽，天下就少了不可原谅的人！

啊，这样的人会死？我看，看，看，看那段新闻！我不肯相信，可是泪落在了纸上！我急忙托中央社往洛阳打电。回电到了，真的！

想一会儿礼锡先生，想一会儿访问团的诸友，怎么办呢？我没有上洛阳去的能力，又准知道大家失去了团长是怎样的苦痛。我急，我愁，全都没用。“礼锡先生会死了！”从早到晚挂在我的口中！我又发电，只能安慰他们，别无办法！三十一日，我离了西安；多少天——直到今天——我一想到礼锡先生，第一样呈现在心中的总是他那个迟迟不去的，像灯光迟迟才灭掉的，笑意，这点笑意使我直到今天总以为他还健在！

今天，他已去世了一年——泪在眼里，那不会死的笑容却仍旧温暖着我的心——啊，这冷酷的世界，可能有几个好友呢！

原载1940年8月26日《大公报·战线》。

敬悼许地山先生

地山是我的最好的朋友。以他的对种种学问的好知喜问的态度，以他的对生活各方面感到的趣味，以他的对朋友的提携辅导的热诚，以他的对金钱利益的淡薄，他绝不像个短寿的人。每逢当我看见他的笑脸，握住他的柔软而戴着一个翡翠戒指的手，或听到他滔滔不断的讲说学问或故事的时候，我总会感到他必能活到八九十岁，而且相信若活到八九十岁，他必定还能像年轻的时候那样有说有笑，还能那样说干什么就干什么，永不驳回朋友的要求，或给朋友一点难堪。

地山竟自会死了——才将快到五十的边儿上吧。

他是我的好友。可是，我对于他的身世知道的并不十分详细。不错，他确是告诉过我许多关于他自己的事情；可是，大部分都被我忘掉了。一来是我的记性不好；二来是当我初次看见他的时候，我就觉得"这是个朋友"，不必细问他什么；即使他原来是个强盗，我也只看他可爱；我只知道面前是个可爱的人，就是一点也不晓得他的历史，也没有任何关系！况且，我还深信他会活到八九十岁呢。让他讲那些有趣的故事吧，让他说些对种种学术的心得与研究方法吧；至于他自己的历史，忙什么呢？等他老年的时候再说给我听，也还不迟啊！

可是，他已经死了！

我知道他是福建人。他的父亲作过台湾的知府——说不定他就生在台湾。他有一位舅父，是个很有才而后来作了不十分规矩的和尚的。由这位舅父，他大概自幼就接近了佛说，读过不少的佛经。还许因为这位舅父的关系，他曾在仰光一带住过，给了他不少后来写小说的资料。他的妻早已死去，留下一个小女孩。他手上的翠戒指就是为纪念他的亡妻的。从英国回到北平，他续了弦。这位太太姓周，我曾在北平和青岛见到过。

以上这一点：事实恐怕还有说得不十分正确的地方，我的记性实在太坏了！记得我到牛津去访他的时候，他告诉了我为什么老戴着那个翠戒指；同时，他说了许许多多关于他的舅父的事。是的，清清楚楚的我记得他由述说这位舅父而谈到禅宗的长短，因为他老人家便是禅宗的和尚。可是，除了这一点，我把好些极有趣的事全忘得一干二净；后悔没把它们都笔记下来！

我认识地山，是在二十年前了。那时候，我的工作不多，所以常到一个教会去帮忙，作些“社会服务”的事情。地山不但常到那里去，而且有时候住在那里，因此我认识了他。我呢，只是个中学毕业生，什么学识也没有。可是地山在那时候已经在燕大毕业而留校教书，大家都说他是个很有学问的青年。初一认识他，我几乎不敢希望能与他为友，他是有学问的人哪！可是，他有学问而没有架子，他爱说笑话，村的雅的都有；他同我去吃八个铜板十只的水饺，一边吃一边说，不一定说什么，但总说得有趣。我不再怕他了。虽然不晓得他有多大的学问，可是的确知道他是个极天真可爱的人了。一来二去，我试着步去问他一些书本上的事；我生怕他不肯告诉我，因为我知道有些学者是有这样脾气的：他可以和你交往，不管你是怎样的人；但是一提到学问，他就不肯开口了；不是他不肯把学问白白送给人，便是不屑于与一个没学问的人谈学问——他的神色表示出来，跟你来往已是降格相从，至于学问之事，哈哈……但是，地山绝对不是这样的人。他愿意把他所知道的告诉人，正如同他愿给人讲故事。他不因为我向他请教而轻视我，而且也并不板起面孔表示他有学问。和谈笑话似的，他知道什么便告诉我什么，没有矜持，没有厌倦，教我佩服他的学识，而仍认他为好友。学问并没有毁坏了他的为人，像那些气焰千丈的“学者”那样。他对我如此，对别人也如此；在认识他的人中，我没有听到过背地里指摘他，说他不够个朋友的。

不错，朋友们也有时候背地里讲究他；谁能没有些毛病呢。可是，地山的毛病只使朋友们又气又笑的那一种，绝无损于他的人格。他不爱写信。你给他十封信，他也未见得答复一次；偶尔回答你一封，也只有几个奇形怪状的字，写在一张随手拾来的破纸上。我管他的字叫作鸡爪体，真是难看。这也许是他不愿写信的原因之一吧？另一毛病是不守时刻。口头的或书面的通知，何时开会或何时集齐，对他绝不发生作用。只要他在图书馆中坐下，或和友人谈起来，就不用再希望他还能看看钟表。所以，你设若不亲自拉他去赴会就约，那就是你的过错；他是永远不记着时刻的。

一九二四年初秋，我到了伦敦，地山已先我数日来到。他是在美国得了硕士学位，再到牛津继续研究他的比较宗教学的；还未开学，所以先在伦敦住几天，我和他住在了一处。他正用一本中国小商店里用的粗纸账本写小说。那时节，我对文艺还没发生什么兴趣，所以就没大注意他写的是哪一篇。几天的工夫，他带着我到城里城外玩耍，把伦敦看了一个大概。地山喜欢历史，对宗教有多年的研究，对古生物学有浓厚的兴趣。由他领着逛伦敦，是多么有趣，有益的事呢！同时，他绝对不是“月亮也是外国的好”的那种留学生。说真的，他有时候过火的厌恶外国人。因为要批判英国人，他甚至于连英国人有礼貌，守秩序，和什么喝汤不准出响声，都看成为愚蠢可笑的事。因此，我一到伦敦，就借着他的眼睛看到那古城的许多宝物，也看到它那阴暗的一方面，而不至胡胡涂涂的断定伦敦的月亮比北平的好了。

不久，他到牛津去入学。暑假寒假中，他必到伦敦来玩几天。“玩”这个字，在这里，用得很妥当，又不很妥当。当他遇到朋友的时候，他就忘了自己：朋友们说怎样，他总不驳回。去到东伦敦买黄花木耳，大家作些中国饭吃？好！去逛动物园？好！玩扑克牌？好！他似乎永远没有忧郁，永远不会说“不”。不过，最好还是请他闲扯。据我所知道的，于各种宗教的研究而外，他还研究人学，民俗学，文学，考古学；他认识古代钱币，能鉴别古画，学过梵文与巴利文。请他闲扯，他就能——举个例说——由男女恋爱扯到中古的禁欲主义，再扯到原始时代的男女关系。他的故事多，书本上的佐证也丰富。他的话一会儿低降到贩夫走卒的俗野，一会儿高飞到学者的深刻高明。他谈一整天并无倦容，大家听一天也不感疲倦。

不过，你不要让他独自溜出去。他独自出去，不是到博物院，必是入图书馆。一进去，他就忘了出来。有一次，在上午八九点钟，我在东方学院的图书馆楼上发现了他。到吃午饭的时候，我去唤他，他不动。一直到下午五点，他才出来，还是因为图书馆已到关门的时间的原故。找到了我，他不住的喊“饿”；是啊，他已经饿了十点钟。在这种时节，“玩”字是用不得的。

牛津不承认他的美国的硕士学位，所以他须花二年的时光再考硕士。他的论文是《法华经》的介绍，在预备这本论文的时候，他还写了一篇相当长的文章，在世界基督教大会（？）上去宣读。这篇文章的内容是介绍道教。在一般的浮浅传教师心里，中国的佛教与道教不过是与非洲黑人或美洲红人所信的原始宗教差不多。地山这篇文章使他们闻所未闻，而且得到不少宗教学学者的称赞。

他得到牛津的硕士。假若他能继续住二年，他必能得到文学博士——最荣誉的学位。论文是不成问题的，他能于很短的期间预备好。但是，他必须再住二年；校规如此，不能变更。他没有住下去的钱，朋友们也不能帮助他。他只好以硕士为满意，而离开英国。

在他离英以前，我已试写小说。我没有一点自信心，而他又没工夫替我看看。我只能抓着机会给他朗读一两段。听过了几段，他说："可以，往下写吧！"这，增多了我的勇气。他的文艺意见，在那时候，仿佛是偏重于风格与情调；他自己的作品都多少有些传奇的气息，他所喜爱的作品也差不多都是浪漫派的。他的家世，他的在南洋的经验，他的旧文学的修养，他的喜研究学问而又不忍放弃文艺的态度，和他自己的生活方式，我想，大概都使他倾向着浪漫主义。

单说：他的生活方式吧。我不相信他有什么宗教的信仰，虽然他对宗教有深刻的研究，可是，我也不敢说宗教对他完全没有影响。他的言谈举止都像个诗人。假若把"诗人"按照世俗的解释从他的生活中扩展起来，他就应当有很古怪奇特的行动与行为。但是，他并没作过什么怪事。他明明知道某某人对他不起，或是知道某某人的毛病，他仍然是一团和气，以朋友相待。他不会发脾气。在他的嘴里，有时候是乱扯一阵，可是他的私生活是很严肃的，他既是诗人，又是"俗"人。为了读书，他可以忘了吃饭。但一讲到吃饭，他却又不惜花钱。他并不孤高自赏。对于衣食住行他都有自己的主张，可是假若别人喜欢，他也不便固执己见。他能过很苦的日子。在我初认识他的几年中，他的饭食与衣服都是极简单朴俭。他结婚后，我到北平去看他，他的房屋衣服都相当讲究了。也许是为了家庭间的和美，他不便于坚持己见吧。虽然由破夏布褂子换为整齐的绫罗大衫，他的脱口而出的笑话与戏谑还完全是他，一点儿也没改。穿什么，吃什么，他仿佛都能随遇而安，无所不可。在这里，和在其他的好多地方，他似乎受佛教的影响较基督教的为多，虽然他是在神学系毕业，而且也常去作礼拜。他像个禅宗的居士，而绝不能成为一个清教徒。

不但亲戚朋友能影响他，就是不相识而偶然接触的人也能临时的左右他。有一次，我在“家”里，他到伦敦城里去干些什么。日落时，他回来了，进门便笑，而且不住的摸他的刚刚刮过的脸。我莫名其妙。他又笑了一阵。“教理发匠挣去两镑多！”我吃了一惊。那时候，在伦敦理发普通是八个便士，理发带刮脸也不过是一个先令，“怎能花两镑多呢？”原来是理发匠问他什么，他便答应什么，于是用香油香水洗了头，电气刮了脸，还不得两镑多么？他绝想不起那样打扮自己，但是理发匠的建议是不能驳回的！

自从他到香港大学任事，我们没有会过面，也没有通过信；我知道他不喜欢写信，所以也就不写给他。抗战后，为了香港“文协”分会的事，我不能不写信给他了，仍然没有回信。可是，我准知道，信虽没有，事情可是必定办了。果然，从分会的报告和友人的函件中，我晓得了他是极热心会务的一员。我不能希望他按时回答我的信，可是我深信他必对分会卖力气，他是个极随便而又极不随便的人，我知道。

我自己没有学问，不能妥切的道出地山在学术上的成就何如。我只知道，他极用功，读书很多，这就值得钦佩，值得效法。对文艺，我没有什么高明的见解，所以不敢批评地山的作品。但是我晓得，他向来没有争过稿费，或恶意的批评过谁。这一点，不但使他能在香港“文协”分会以老大哥的身分德望去推动会务，而且在全国文艺界的团结上也有重大的作用。

是的，地山的死是学术界文艺界的极重大的损失！至于谈到他与我私人的关系，我只有落泪了；他既是我的“师”，又是我的好友！

啊，地山！你记得给我开的那张“佛学入门必读书”的单子吗？你用功，也希望我用功；可是那张单子上的六十几部书，到如今我一部也没有读啊！

你记得给我打电报，教我到济南车站去接周校长吗？多么有趣的电报啊！知道我不认识她，所以你教她穿了黑色旗袍，而电文是：“× 日 × 时到站接黑衫女！”当我和妻接到黑衫女的时候，我们都笑得闭不上口啊。朋友，你托友好作一件事，都是那样有风趣啊！啊，昔日的趣事都变成今日的泪源。你怎可以死呢！

不能再往下写了……

原载 1941 年 8 月 17 日重庆《大公报》。

悼赵玉三司机师

去年十一月初，我由昆明到大理去的时候，坐的是一家公司的商车。在动身的前夕，司机师吴栾铃君请我吃北方饭。同席的有一位山东青年，高个子，粗眉毛，浑身都是胆子与力量。看样子，他像是很能喝几杯，但是他不肯动酒，因为次晨还要赶早开车。吴君才二十二岁，很像个体面的学生。赵君，虽然爱说爱笑，却像有二十七八了。及至大家互问年纪的时节，才知道他不过是二十三岁，还没有结婚。

他们的年纪虽轻，可是由他们的口中，我晓得了他们都已足迹遍“天下”。他们都说北方话，可是言语中夹杂着许多各地方的土语词汇，有时候还有一两个外国字。假如他们缺乏着别的历史知识，但是一部中国公路交通史好像就在他们的心里，他们从抗战前就天天把人和物由南向北由东运到西，大多数的公路，在他们的口中，就好像我们提起走熟了的街道似的；哪里有桥，哪里有急弯，哪块路牌附近的路基不够坚硬，他们都能顺口说上来。赵君在陕、甘、湘、鄂、川、滇、黔、桂、越南、缅甸的公路上都服过务。从离开南京，他就生活在公路上，六年没有给家中——在山东长清——通过信！

赵君名玉三，抗战前，在青岛开公共汽车。七七后，他在航空委员会训练汽车驾驶兵。南京陷落，他抢运沿路上的各种器材，深得官长嘉许。此后，他便在各省的公路上服务，始终是那么勇敢活泼。他替政府、军队、人民，运过多少东西，一共走过多少里路，现在已无法知道。去年十二月中，距我认识他的时候仅仅一月，他死在了保山！

当我同他们到大理去的时候，他们一共是四部卡车，赵君为司机班长。我只到大理，他们却要到畹町，车上载的是桐油。赵君一定劝我随他们到国境上去看看："看看去，管保你会写出好多文章来，跟我们去，准保险！我们怕热，开车又小心！"可是时间不允许我去开眼。再说，一路上赵君总是抢着会食宿账，教我"过意不去"。

夜晚投宿后，赵君最喜说笑。他的嘴不甚伶俐，可是偏爱说话。他不会唱，而偏要哼几句。高了兴，他还用自己临时编造的英语或俄语与朋友交谈，只为招笑，没有别的意思。他似乎没有任何忧虑，脸上像云南的晴天那样爽朗。

他开第一部车为的是先到站头，给大家找好食宿之所。我坐的那辆道济车，由吴君开，在最后面走。他的勇敢，吴君的谨慎，正好作先锋与殿军。

我回渝，赵君复由昆明开保山。从保山回来，据朋友们的函告，在功果山的最高峰，拔海四千尺的高度，他翻了车，一直滚到澜沧江岸。车——便是我坐过的那辆道济车，此次改由他开——完全碎了，可是这位山东壮汉却没有登时断气，送到保山医院后，以伤重，在十二月中旬逝世。

没有好身体，没有胆气，都不能作司机师。特别要紧的，是没有爱国心，成不了为抗战服务的司机师。假若赵君还在山东，肯受敌人的驱使，也许还能活着，但是他宁愿在功果山的高峰上，虽然没有穿着军装，却也和战士们那样光荣的死去。

同我在一起的时候，他说过几次："给我写几句！"现在，我给他写几句了，可是他已结束了他的生命。在抗战的今日，凡是为抗战舍掉自己性命的，便是延续了国家的生命；赵君死得太早了，可他将随着中华民族的胜利与复兴而不朽！

原载1942年1月12日《中央日报》。

四位先生

吴组缃先生的猪

从青木关到歌乐山一带等处，在我所认识的文友中要算吴组缃先生为最阔绰。他养着一口小花猪。据说，这小动物的身价，值六百元！

每次我去访组缃先生，必附带的向小花猪致敬，因为我与组缃先生核计过了：假若他与我共同登广告卖身，大概也不会有人出六百元来买！

有一天，我又到吴宅去。给小江——组缃先生的少爷——买了几个比醋还酸的桃子。拿着点东西，好搭讪着骗顿饭吃，否则就不太好意思了。一进门，我看见吴太太的脸比晚日还红。我心里一想，便想到了小花猪。假若小花猪丢了，或是出了别的毛病，组缃先生的阔绰便马上不存在了！一打听，果然是为了小花猪：它已绝食一天了。我很着急，急中生智，主张给它点奎宁吃，恐怕是打摆子。大家都不赞同我的主张。我又建议把它抱到床上盖上被子睡一觉，出点汗也许就好了；焉知道不是感冒呢？这年月的猪比人还娇贵呀！大家还是不赞成。后来，把猪医生请来了。我颇兴奋，要看看猪怎么吃药。猪医生把一些草药包在竹筒的大厚皮儿里，使小花猪横衔着，两头儿向后束在脖子上：这样，药味与药汁便慢慢走入里边去。把药包儿束好，小花猪的口中好像生了两个翅膀，倒并不难看。

虽然吴宅有此骚动，我还是在那里吃了午饭——自然稍微的有点不得劲儿！

过了两天，我又去看小花猪——这回是专程探病，绝不为看别人；我知道现在猪的价值有多大！小花猪的口中已无那个药包，而且也吃点东西了。大家都很高兴，我就又就棍打腿的骗了顿饭吃，并且提出声明：到冬天，得分给我几斤腊肉！组缃先生与太太没加任何考虑便答应了。吴太太说：“几斤？十斤也行！想想看，那天它要是一病不起……”大家听罢，都出了冷汗！

马宗融先生的时间观念

马宗融先生的表大概是，我想是一个装饰品。无论约他开会，还是吃饭，他总迟到一个多钟头，他的表并不慢。

来重庆，他多半是住在白象街的作家书屋。有的说也罢，没的说也罢，他总要谈到夜里两三点钟。假若不是别人都困得不出一声了，他还想不起上床去。有人陪着他谈，他能一直坐到第二天夜里两点钟。表、月亮、太阳，都不能引起他注意到时间。

比如说吧，下午三点他须到观音岩去开会，到两点半他还毫无动静。“宗融兄，不是三点，有会吗？该走了吧？”有人这样提醒他。他马上去戴上帽子，提起那有茶碗口粗的木棒，向外走。“七点吃饭。早回来呀！”大家告诉他。他回答声“一定回来”，便匆匆地走出去。

到三点的时候，你若出去，你会看见马宗融先生在门口与一位老太婆，或是两个小学生，谈话儿呢！即使不是这样，他在五点以前也不会走到观音岩。路上每遇到一位熟人，便要谈，至少，十分钟的话。若遇上打架吵嘴的，他得过去解劝，还许把别人劝开，而他与另一位劝架的打起来！遇上某处起火，他得帮着去救。有人追赶扒手，他必然的加入，非捉到不可。看见某种新东西，他得过去问问价钱，不管买与不买。看到戏报子，马上他去借电话，问还有票没有……这样，他从白象街到观音岩，可以走一天，幸而他记得开会那件事，所以只走两三个钟头！到了开会的地方，即使大家已经散了会，他也得坐两点钟。他跟谁都谈得来，都谈得很有趣，很亲切，很细腻。有人随便哼了一句二黄，他立刻请教给他；有人刚买一条绳子，他马上拿过来练习跳绳——五十岁了啊！

七点，他想起来回白象街吃饭，归路上，又照样的劝架，救火，追贼，问物价，打电话……至早，他在八点半左右走到目的地。满头大汗，三步当作两步走的，他走了进来。饭早已开过了。

所以，我们与友人定约会的时候，若说随便什么时间，早晨也好，晚上也好，反正我一天不出门，你哪时来也可以，我们便说“马宗融的时间吧”！

姚蓬子先生的砚台

作家书屋是个神秘的地方，不信你交到那里一份文稿，而三五日后再亲自去索回，你就必定不说我扯谎了。

进到书屋，十之八九你找不到书屋的主人——姚蓬子先生。他不定在哪里藏着呢。他的被褥是稿子，他的枕头是稿子，他的桌上、椅上、窗台上……全是稿子。简单的说吧，他被稿子埋起来了。当你要稿子的时候，你可以看见一个奇迹。假如说尊稿是十张纸写的吧，书屋主人会由枕头底下翻出两张，由裤袋里掏出三张，书架里找出两张，窗子上揭下一张，还欠两张。你别忙，他会由老鼠洞里拉出那两张，一点也不少！

单说蓬子先生的那块砚台，也足够惊人了！那是块是无可形容的石砚。不圆不方，有许多角儿，而没有任何角度。有一点沿，豁口甚多，底子最奇，四周翘起，中间的一点凸出，如元宝之背，它会像陀螺似的在桌上乱转，还会一头高一头低地倾斜，如浪中之船。我老以为孙悟空就是由这块石头跳出去的！

到磨墨的时候，它会由桌子这一端滚到那一端，而且响如快跑的马车。我每晚十时必就寝，而对门儿书屋的主人要办事办到天亮。从十时到天亮，他至少研十次墨，一次比一次响——到夜最静的时候，大概连南岸都感到一点震动。从我到白象街起，我没做过一个好梦，刚一入梦，砚台来了一阵雷雨，梦为之断。在夏天，砚一响，我就起来拿臭虫。冬天可就不好办，只好咳嗽几声，使之闻之。

现在，我已交给作家书屋一本书，等得到出版，我必定破费几十元，送给书屋主人一块平底的，不出声的砚台！

何容先生的戒烟

首先要声明：这里所说的烟是香烟，不是鸦片。

从武汉到重庆，我老同何容先生在一间屋子里，一直到前年八月间。在武汉的时候，我们都吸“大前门”或“使馆”牌；小大“英”似乎都不够味儿。到了重庆，小大“英”似乎变了质，越来越“够”味儿了，“前门”与“使馆”倒仿佛没了什么意思。慢慢的，“刀”牌与“哈德门”又变成我们的朋友，而与小大“英”，不管是谁的主动吧，好像冷淡得日甚一日。不久，“刀”牌与“哈德门”又与我们发生了意见，差不多要绝交的样子。何容先生就决心戒烟！

在他戒烟之前，我已声明过：“先上吊，后戒烟！”本来吗，“弃妇抛雏”的流亡在外，吃不敢进大三元，喝么也不过是清一色（黄酒贵，只好吃点白干），女友不敢去交，男友一律是穷光蛋，住是二人一室，睡是臭虫满床，再不吸两枝香烟，还活着干吗呢？可是，一看何容先生戒烟，我到底受了感动，既觉自己无勇，又钦佩他的伟大；所以，他在屋里，我几乎不敢动手取烟，以免动摇他的坚决！

何容先生那天睡了十六个钟头，一枝烟没吸！醒来，已是黄昏，他便独自走出去。我没敢陪他出去，怕不留神递给他一枝烟，破了戒！掌灯之后，他回来了，满面红光，含着笑的，从口袋中掏出一包土产卷烟来。“你尝尝这个，”他客气地让我，“才一个铜板一枝！有这个，似乎就不必戒烟了！没有必要！”把烟接过来，我没敢说什么，怕伤了他的尊严。面对面的，把烟燃上，我俩细细地欣赏。头一口就惊人，冒的是黄烟，我以为他误把爆竹买来了！听了一会儿，还好，并没有爆炸，就放胆继续地吸。吸了不到四五口，我看见蚊子都争着向外边飞，我很高兴。既吸烟，又驱蚊，太可贵了！再吸几口之后，墙上又发现了臭虫，大概也要搬家，我更高兴了！吸到了半枝，何容先生与我也跑出去了！他低声地说：“看样子，还得戒烟！”

何容先生二次戒烟，有半天之久。当天的下午，他买来了烟斗与烟叶。“几毛钱的烟叶，够吃三四天的，何必一定戒烟呢！”他说。吸了几天的烟斗，他发现了：（一）不便携带；（二）不用力，抽不到；用力，烟油射在舌头上；（三）费洋火；（四）须天天收拾，麻烦！有此四弊，他就戒烟斗，而又吸上香烟了。“始作卷烟者，其无后乎！”他说。

最近二年，何容先生不知戒了多少次烟了，而指头上始终是黄的。

原载1942年6月22、23、24、25日《新民报晚刊·西方夜谈》。

假若我有那么一箱子画

在各种艺术作品中，我特别喜爱图画。我不懂绘画，正如我不懂音乐。可是，假若我听完音乐，心中只觉茫然，看罢图画我却觉得心里舒服。因此，我特别喜爱图画——说不出别的大道理来。

虽然爱画，我可不是收藏画。因为第一我不会鉴别古画的真假；第二我没有购置名作的财力；第三我并不爱那纸败色褪的老东西，不管怎样古，怎样值钱。

我爱时人的画，因为彩色鲜明，看起来使我心中舒服，而且不必为它们预备保险箱。

不过，时人的画也有很贵的，我不能拿一本小说的稿费去换一张画——看画虽然心里舒服，可是饿着肚子去看恐怕就不十分舒服了。

那么，我所有的画差不多都是朋友们送给我的。这画也就更可宝贵，虽然我并没出过一个钱。朋友们赠给的画，在艺术价值之外，还有友谊的价值呀！举两个例说吧：北平名画家颜伯龙是我幼年的同学。我很喜爱他的画，但是他总不肯给我画。定下结婚的时候，我决定把握住时机。“伯龙！”我毫不客气的对他说，“不要送礼，我要你一张画！不画不行！”他没有再推托，而给我画了张牧家图。图中的妇人、小儿、肥猪，与桐树，都画得极好，可惜，他把图章打倒了！虽然图章的脚朝天，我还是很爱这张画，因为伯龙就是那么个一天到晚慌里慌张的人，这个脚朝天的图章正好印上了他的人格。这个缺陷使这张画更可贵！我不知道合于哪一条艺术原理，说不定也许根本不合乎艺术原理呢。谁管它，反正我就有这么种脾气！

第二个例子是齐白石大画师所作的一张鸡雏图。对白石翁的为人与绘画，我都“最”佩服！我久想能得到他的一张画。但是，这位老人永远不给任何人白画，而润格又很高；我只好“望画兴叹”。可是，老天见怜，机会来了！一次，我给许地山先生帮了点忙，他问我：“我要送你一点小礼物，你要什么？”我毫未迟疑的说：“我要一张白石老人的画！”我知道他与老人很熟识，或者老人能施舍一次。老人敢情绝对不施舍。地山就出了三十元（十年前的三十元！据说这还是减半价，否则价六十元矣！）给我求了张画。画得真好，一共十八只鸡雏，个个精彩！这张画是我的宝贝，即使有人拿张宋徽宗的鹰和我换，我也不干！这是我最钦佩的画师所给，而又是好友所赠的！

当抗战后，我由济南逃亡出来的时候，我嘱告家中：“什么东西都可放弃，这张画万不可失！”于是，家中把一切的家具与图书都丢在济南，而只抱着这十八只鸡雏回到北平。

去年，家中因北平的人为的饥荒而想来渝，我就又函告她们，鸡图万不可失！我不肯放弃此画，一来是白石老人已经八十多岁，二来是地山先生已经去世；白石翁的作品在北方不难买到，但是买到的万难与我所有的这一张相比！

妻得到信，她自己便也想得老人的一幅画。由老人的一位女弟子介绍，她送上四百元获到老人的六只虾，而且题了上款。那时候（现在也许又增高一倍了），老人的润格已是四百元一方尺，题上款加四百元，指定画题加倍，草虫（因目力欠佳）加倍，敷设西洋红加倍。

来到重庆，她拿出搁在箱里的六只虾，请朋友们看，于是重庆造了她带来一箱子白石翁的画之谣。

哎呀！假若我真有一箱白石翁的画够多么好呢！

一箱子！就说是二尺长，半尺高的一只箱吧，大概也可以装五百张！仿照白石老人自号三百石印富翁的例，假若我真有这么一箱，我应马上自称为五百白石翁画富人——我还没到五十岁，不好意思称“翁”，不但在精神上，就是以金钱计，我也确实应自号为“富”了。想想看，以二千元一张画说吧，五百张该合多少钱？

我就纳闷，为什么妻不拿那么多的钱买点粮食，（有钱，就是在北平，也还能吃饱）而教孩子们饿成那个鬼样呢？

且不管她，先说我自己吧。我若真有了那么一箱子画，该怎办呢？我想啊，我应该在重庆开一次展览会，一来是为给我最佩服的老画师作义务的宣传，以示敬意；二来是给大家个饱眼福的机会。在展览的时候，我将请徐悲鸿，林风眠，丰子恺诸先生给拟定价格，标价出售。假若平均每张售价一万元吧，我便有五百万的收入。收款了以后，我就赠给文艺界抗敌协会，戏剧界抗敌协会，美术界抗敌协会，音乐界抗敌协会各一百万元。所余的一百万元，全数交给文艺奖助金委员全，用以救济贫苦的文人——我自己先去申请助金五千元，好买些补血的药品，疗治头昏。

我想，我的计划实在不能算坏！可是，教我上哪里找那一箱子画去呢？

那么，假若你高兴的话，请去北碚，还是看一看我的十八只鸡雏和内人的六只虾吧！你一夸奖它们，我便欢喜，庶几乎飘飘然有精神胜利之感矣！

谢谢替我夸口的友人们，他们至少又给了我写一篇短文的资料！

1944 年 2 月 7 日于北碚之昏头斋

原载 1944 年 2 月 11 日《时事新报·青光》。

一点点认识

恨水兄是文艺界抗敌协会第一届理事会的理事，因为“文协”的关系，我才认识了他，虽然远在十几年前就读过他的作品了。

廿八年，“文协”推举代表参加前线慰劳团的时候，理事会首先便提出恨水兄来，因为他是国内唯一的妇孺皆知的老作家。可惜，他的笔债太多，无法分身，“文协”才另派了别人。那时候，我记得我曾写信给他，希望他能和我一同到西北去，因为我晓得他是个可爱的朋友。

假若那次他能和我一同在西北旅行半年之久，我想在今天我必能写出许多许多关于他的事来，而感到骄傲。那个机会既失，我现在只好就六年来的时聚时散中，提出我对他的一点点认识了：

（一）恨水兄是个真正的文人：说话，他有一句说一句，心直口快。他敢直言无隐，因为他自己心里没有毛病。这，在别人看，仿佛就有点“狂”。但是，我说，能这样“狂”的人才配作文人。因为他的“狂”，所以他才肯受苦，才会爱惜羽毛。我知道，恨水兄就是最重气节，最富正义感，最爱惜羽毛的人。所以，我称他为真正的文人。

（二）恨水兄是个真正的职业的写家：有一次，我到南温泉去看他，他告诉我：“我每天必须写出三千到四千字来！”这简单的一句话中，含着多少辛酸与眼泪呀！想想看，一年三百六十天，每天要写出那么多字来，而且是川流不息的一直干到三十年！难道他是铁打的身子么？坚守岗位呀，大家都在喊，可是有谁能天天受着煎熬，达三十年之久，而仍在煎熬中屹立不动呢？所以，我说，他是“真正”的职业写家。

（三）恨水兄是个没有习气的文人：他不赌钱，不喝酒，不穿奇装异服，不留长头发。他比谁都写的多，比谁都更要有资格自称为文人，可是他并不用装饰与习气给自己挂出金字招牌。闲着的时候，他只坐坐茶馆，或画山水与花卉。一个文人的生命是经不住别人与自己摧残的。别人是否给恨水兄气受，我不知道。我确实知道，他不摧残自己。修养使他健壮，健壮使他不屈不挠。

以上是我对恨水兄的一点点认识，可也就是我们应当向他学习的！

原载1944年5月16日重庆《新民报晚刊》。

“七七”怀友

有许多朋友现在还在北平受苦。这些人之中，有的是因为听到卢沟桥的炮声，而以为事情必不会恶化，所以就不慌不忙，不作出走之计。及至北平陷落，他们还以为不久就能转危为安，依然不肯走动。等到战事延续下去，他们想走也走不脱了，于是低首为顺民。这类朋友吃了因循的亏。因循出于对国事的冷淡。他们不是不爱国，可是对国事总不愿抢在前面去。不在其位，不谋其政，使他们失去热烈与勇敢。他们今天必定很后悔，但已悔之晚矣。有一个因循的人，就多了一个顺民。今天在后方的茶馆、酒肆里，我依然看得到莫谈国事的红纸条。这可也就难怪大家不能不因循了，悲哉！

有的朋友，我知道，完全是因为家庭之累，不敢跺脚走出北平。这个，使我深憎大家庭制度。挣钱的少，吃饭的多，于是老弱寄生，而壮者屈膝。家庭把好人，有用的人，拴在了敌人的屠案前，静候宰割。

有的朋友是因为爱恋北平，不肯挪动，北平是地上的乐园，虽然变成地狱，他们也仍旧不忍离开。文化是可怕的东西，假若他是过熟了的。过熟了的文化使人沉溺，忘去个人生活起居以外的大事。这很可怕，穿长衫，摇绢扇，走慢步，来往于公园与琉璃厂之间者，也许是学者或艺术家。但是，他们因为生活的趣味而忘了亡国之耻。这真可惜，也可恨！

有的人是故意留在北平，便得到升官的机会。他们看准了作官增光耀祖的事，只要高升，便应得意，不管赐给他们的官职的是猫是狗。“官”迷了他们的心窍。有这样迷了心窍的官，敌人才能任意宰割老百姓，此“官”之所以极可怕也。

“七七”又到，颇忆故人。我想念他们，怜悯他们，也不能不憎恶他们。只盼哪，这一代的青年，别再走那条老路吧！

原载 1945 年 7 月 7 日重庆《大公晚报》。

老姐姐们

离开北京已整整十四年。

回来，北京的宫殿亭园还都照旧，只是人心变了。

当一离开北方，到重庆去的时候，我就预料到与快八十岁的老母难再见面。果然，在抗战中，她死在北京，半年后，我才在重庆得到消息。

这几年，我在各地方乱跑，中心常常想到三位老姐姐。大姐今年七十五，二姐七十，三姐比我大一轮，六十四。我常常问自己：回到家乡，三位姐姐还能活着吗?

归来，她们都还健在！这是使我多么高兴的事！

大姐二姐都不识字。三姐能勉强念通俗的小文。大姐二姐的生活很苦，三姐较好。

我刚由国外回来，虽然天天看报，可是总觉得对国内情形不十分清楚。因此我以为三位姐姐——不识字的与只识一些字的——对于时局也必是马马虎虎，不大知道。我也以为她们必定叫苦连天，不满现状，因为她们的生活是那么苦！

不，她们并没叫苦，七十三岁的老寡妇到处去帮助侄媳妇、外甥媳妇、出了嫁的女儿洗衣服、做鞋、刷家伙洗碗。一天忙到晚她并不抱怨。二姐三姐也如此。

她们知道自己的穷苦劳累，而不辞苦。她们的言语表现不出心中的善意，可是从她们的笑意与眼神中，我可以看出：她们明白这是个新时代，不管这是怎么苦，也比旧的好。她们不能抱怨，那对不起新时代。新时代的人应当劳苦，所以她们一天到晚不赋闲。

大姐曾经享过福，三姐始终没受过挨饿的苦处；她们都喜欢打牌。我问她们现在还摸四圈否？她们都笑着摇摇头，仿佛是说，“你简直不识相，小弟弟！”

她们并没到任何学校去听过课，可是接受了新时代的积极性——不怕苦、不厌劳动。她们没受过警察们的劝告，可是自动的不再打牌。政治的力量推动了北京的曲艺界，去改换脑筋，改编歌曲、改除旧习。政治的力量改造了北京的妓女。政治的力量把北京的五行八作都组织起来。这力量的余波好像也碰到我的姐姐们，她们说不出什么，都感到并接受了那新潮。我希望只是她们还活着能够见面；可是出乎意外，她们不但还活着，而且是劳动着，不辞苦的活着。

侄辈们有的——在这最近二三年中——已成为很进步的工人。他们总是毫不客气的阻止了老婆婆们的谈话，便把自己的意见提出来。在一旁看着，我生怕老婆婆们吃不消而拿出前辈的威严来。可是她们并不那么办。她们好像不肯倚老卖老，反之，岁数已经不是一种法宝，而是应抱歉的什么。她们听取青年人的意见。一个侄女去南下工作，并没受到老姑姑们的阻挠。

以前，她们和我在北京，就从庚子联军侵陷北京说起吧，不知受过多少惊险变乱。但是变乱一定，我们便又顺着生活的老路子走下去。祸乱来了，我们关上大门，祷告神佛保佑。事情过去了，我们便又想起吃炸酱面。

这一次可大大不同了。北京解放后，连老婆婆们的心也变了。她们认识了一些从前向来未有认识过的道理，而且用一种新的道理态度去实行那道理。她们的牙已脱落，衣服很破，吃喝很苦，可是在操劳之外，她们似乎看到尔后有了光明的前途，所以老有那么一点从心里发出的亮光儿。

原载1950年3月4日《留美学生通讯》第3卷第7期。

大地的女儿

我与史沫特莱初次会面是在一九四六年九月里，以前，闻名而不曾见过面。

见面的地点是雅斗（XADDO）。雅斗是美国纽约省的一所大花园，有一万多亩地。园内有松林、小湖、玫瑰圃、楼馆，与散在松荫下的单间书房。此园原为私产。园主是财主，而喜艺术。他死后，继承人们组织了委员会，把园子作为招待艺术家来创作的地方。这是由一九二六年开始的，到现在已招待过五百多位艺术家。招待期间，客人食宿由园中供给。

园林极美，地方幽静。这的确是安心创作的好地点。当我被约去住一个月的时候，史沫特莱正在那里撰写朱德总司令传。

客人们吃过早饭，即到林荫中的小书房去工作。游园的人们不得到书房附近来，客人们也不得凑到一处聊天。下午四点，工作停止，客人们才到一处，或打球，或散步，或划船。晚饭后，大家在一处或闲谈，或下棋，或跳舞，或喝一点酒。这样，一个月里，我差不多每天晚间都能见到史沫特莱。

她最初给我的印象是：这是个烈性的女人。及至稍熟识了一点，才知道她是路见不平，拔刀相助，如烈性男儿，可又善于体贴，肯服侍人，像个婆婆妈妈的中年妇人。赶到读了她的自传，《大地的女儿》，我更明白了她是既敢冲破一切网罗束缚的战士，又是个多情的女子。因此，她非常的可爱，她在工作之暇，总是挑头儿去跳舞、下棋、或喝两杯酒。这些小娱乐与交际，使大家都愿意接近她；她既不摆架子，又不装腔作势。她真纯。她有许多印度亲戚与朋友。赶到他们来到，她就按着东方的习俗招待他们，拿出所有的钱给他们花，把自己的床让给他们睡，还给他们洗衣服、做饭。她并不因为自己思想前进，而忽略了按照着老办法招呼亲友。

虽然如此，她却无时无地不给当时的中国的解放区与苏联作宣传。在作这种宣传的时候，她还是针对着对象，适当的发言，不犯急性病。比如，有两次她到新从战场上退役的士兵里去活动，教他们不要追随着老退伍军人作反动的事情，她就约我同去，先请我陈诉蒋介石政权是多么腐烂横暴，而后她自己顺着我的话再加以说明。她并不一下子就说中国的解放区怎么好——那会教文化不高的士兵害怕，容易误认为她要劝他们加入共产党。同样的，她与一位住在雅斗的英国作家讨论世界大势的时候，她也留着神，不一下子就赶尽杀绝。那位英国作家参加过西班牙内战，痛恨法西斯主义。可是，正和许多别的英国文化人一样，他一方面反法西斯，却一方面又为英国工党政府的反动政策作辩护，反对苏联。史沫特莱有心眼，知道自己要是一个劲的说苏联好，必会劳而无功，或且弄得双方面红耳赤，下不来台。她总先提：苏联的建设是全世界的一个新理想，新试验，他就是人类的光明。因此，我们不能只就某一件事去批评苏联，而须高瞻远瞩的为苏联着想，为全人类的光明远景着想。我们若是依据着别人的话语去指摘苏联，便会减低了我们的理想，遮住了人类的光明。这种苦口婆心的，识大体的规劝，对于可左可右的知识分子是大有说服力量的。

可是，她并不老婆婆妈妈。当她看到不平的事情，她会马上冒火，准备开打。有一次，我们到市里去吃饭（雅斗园距市里有二英里，可以慢慢走去），看见邻桌坐着一男一女两位黑人。坐了二十多分钟，没有人招呼他们。女的极感不安，想要走出去，男的不肯。史沫特莱过去把他们让到我们桌上来，同时叫过跑堂的质问为什么不伺候黑人。那天，有某进步的工会正在市里开年会，她准备好，假若跑堂的出口不逊，她会马上去找开会的工人代表们，来兴师问罪。幸而，跑堂的见她声色俱厉，在她面前低了头；否则，那天会出些事故的。

后来，她来过纽约，为控诉麦克阿瑟。可惜，我没有见着她。据说：麦克阿瑟说她是红侦探，所以她一怒来到纽约起诉。她一点也没看起占据日本的加料天皇。

也因为她，雅斗后来遭受检查与检举，说那里窝藏危险人物，传播危险思想。雅斗招待过不少前进的艺术家，不过史沫特莱是最招眼毒的。

在雅斗的时候，我跟她谈到那时候国内文艺作家的贫困。她马上教我起草一封信，由她打出多少份，由她寄给美国的前进作家们。结果，我收到了大家的献金一千四百多元，存入银行。我没法子汇寄美金，又由她写信给一位住在上海的友人，教她把美金交给那时候的“文协”负责人。她的热心、肯受累、肯负责，令人感动、感激。

从她的精力来看，她不像个早死的人。她的死是与美国在第二次大战后，日甚一日的走向法西斯化，大有关系。单是这个恶劣倾向，已足使许多开明的知识分子感到痛苦，而史沫特莱恰好又是身受其害的人，就不能不悲愤抑郁，以至伤害了她的健康。我不大知道她临死时的情况，但是我的确知道这几年中，美国人被压迫病了的、疯了的、自杀了的，也不在少数。

在她去世以前，我知道，她曾有机会到印度去。可是她告诉我：要走，我就再到中国去！

美国政府不允许她再到中国来，她只能留下遗嘱把尸身埋葬在她所热爱的中国去。她临死还向那要侵略中国的美国战争贩子，与诬蔑新中国的政客财阀们抗议——她的骨头要埋在中国的土地里。她是中国人民的真朋友。

在她的心里，没有国籍的种族的宗教的成见。她热爱世界上所有的劳苦大众，她自己就是劳苦出身。她受过劳苦人民所受的压迫、饥寒、折磨，所以哪里有劳苦人民的革命，她就往哪里去。她认识中国人，同情中国人，热爱中国人，死了还把尸骨托付给中国人，因为她认识了中国的革命是人民的革命。安眠吧，大地的女儿，你现在是睡在人民革命胜利了的土地中！

原载 1951 年 5 月 6 日《光明日报》。

白石夫子千古

齐白石夫子在国内与国际所获得的极高的荣誉，是他生平热爱劳动、勤学苦练，及富于创造精神的结果。中年以前，他是工人，文化程度不很高。中年以后，凭着坚定不拔的毅力，日夜不辍的艰苦学习，他成为能画、能诗、能写和治印的大艺术家。在没有成名的时候，他好学不倦，克服一切困难；成名之后，他并不自满，仍力求精进，要求自己不断地创造。结果，他的画、诗、书法与刻印都独具风格，自成一家。这种精神是我们每个人都该学习的。是的，他年将九十时，为了参加保卫世界和平运动，还养了几只鸽子，精心观察，以便绘画和平鸽。已到九十五的高龄，他还辛勤作画，时得前所未有的精品。只在最近二年，他才不能坚持日课，因为时常生病。

在学习时期，白石夫子并不专师一家，而广为临摹，吸收各家的长处。及至掌握了各种基本技巧，他便力求创造，不再摹拟。以他五十岁的和七十岁的作品比较，简直不像出于一人之手；直到九十岁之后，他还不断有所创造。我们应当学习夫子的下苦工夫把基础打好，然后放胆创造的精神。

近些年来，学习国画的往往偏于因袭古法，不多自振拔。假若这样继续下去，则国画有走入绝径的危险。白石夫子的功绩即在不甘保守，承袭古法而推陈出新，使国画不失其为国画，可是独创了一种新的风格，给国画增添了新的生命力量。所以他成为大师，在绘画史中有他自己的特殊地位。

在他以前，也曾有人尝试改革国画，另辟途径。可是，他们多偏重笔墨趣味，潇洒出尘，不斤斤于形似。这样，他们的作品便只能得到文人雅士的欣赏，不一定为群众所喜。白石夫子非常讲究笔墨，可是笔墨所至，又能形色鲜明，状物传神，雅俗共赏。夫子出身工人，感情与群众一致，所以他的作品变而不幻，新而不怪。他的改革与创辟是健康的。

有一次，我以《芭蕉叶卷抱秋花》为题，求夫子作画。夫子年高，已记不得蕉叶新拔，是向左还是向右卷着。北京又没有多少芭蕉可供观察，于是老人含着笑说：“只好不要卷叶了，不能随便画呀！”是的，夫子作画永远这样严肃，永远要看见真东西，而后独出心裁，设计画稿。他笔下的鱼、虾、草虫，没有一足一须不正确的，不合适的。市上假画甚多，假若我们发现虫或鸟有什么画得不妥当的地方，十之八九就是伪造的。夫子的山水也是先看了名山大川，而后落笔的。

夫子病逝的时候，正值北京国画界进行着反右派斗争。

国画界的右派分子的首要罪行，即在打击新生力量，打击新的创造，以便他们抱残守缺，而自居优良传统的继承人与保卫者，称霸画界，垄断市场。他们既破坏了团结，又阻碍了绘画的向前发展。他们与白石夫子所走的显然不是同一道路。他们的小集团，毒恶地攻击集团以外的一切画家。这又与白石夫子完全不同。白石夫子是一代大师，可是向来不随便说别人的作品不好。对于学生们，夫子也时时给予热诚的鼓舞。学生们拿来作品，夫子总要题上些字，给以鼓励。白石夫子与我们长辞了，我切盼国画界能够深入再深入地继续反右派斗争，彻底打垮反党反社会主义的小集团，以期今后在党的领导下，亲密地团结，使人民所喜爱的传统绘画的确作到百花齐放，日新月异！让我们继承白石夫子的热爱劳动、勤学苦练，与努力创造的精神，把毕生精力献给人民的美术事业吧！

白石夫子千古！

原载1957年9月22日《人民日报》。

祭王统照先生

王统照先生的逝世是文艺界的很大损失。他为人诚笃，治学严谨；近年来对社会主义的文化事业建设具有热情。这样的人是死不得的！我们需要他！

他与我同岁，自从初识到如今，三十年如一日，始终是最亲密的好友。他的死使我极其伤心。但是，一想到文艺界怎么需要他，我就更伤心了！

解放后，他每逢来到北京，必来看我。他的身体一次比一次弱，有时候连说话都感到困难。可是，他不肯休息，该到北京来就到北京来。他把工作摆在第一，个人的病痛放在其次。见了面，尽管说话困难，他还是尽量地谈工作，谈文艺，谈自己的写作计划。他的劳动热情压倒了病痛。到了实在不能再说下去的时候，他还是亲热地看着我，仿佛是说：这点病不算什么，相信我吧，我还会作许多许多的事情。及至我劝他应当多休息休息，他便只那么笑一笑，表示必须抓紧时间，作出更多的成绩。

他末一次来京，身体极坏。我到旅舍看他，他刚由医院回来。他喘得厉害。他可是还勉强地道歉：等一等，等我喘过气来再谈！

他坐了一会儿，喘得稍好一些，便赶紧说：我是来看看老朋友们！

我的泪马上要落下来。是的，他是爱朋友的人，抱着重病，不远千里，来看看大家——也许永难再见了！

克家也这么看出来，所以对我说：剑三恐怕要“走”到咱们前面去了！因此，剑三（统照先生的字）离京后，我们非常不放心，并且极怕接到济南来的电报或电话。

可是，电话终于来了……

剑三，老友，安眠吧，中国必会富强，文艺事业必会日益繁荣，你尽到了你的心，我们必定也尽到我们的心！人总是会死的，我们一定向你学习，在死之前，把生命献给社会主义建设！

原载1958年1月10日《前哨》1月号。

悼念罗常培先生

与君长别日，悲忆少年时……

听到罗莘田（常培）先生病故的消息，我就含着热泪写下前面的两句。我想写好几首诗，哭吊好友。可是，越想泪越多，思想无法集中，再也写不下去！

悲忆少年时！是的，莘田与我是小学的同学。自初识到今天已整整有五十年了！叫我怎能不哭呢？这五十年间，世界上与国家里起了多大的变化呀，少年时代的朋友绝大多数早已不相闻问或不知下落了。在莘田活着的时候，每言及此，我们就都觉得五十年如一日的友情特别珍贵！

我记得很清楚：我从私塾转入学堂，即编入初小三年级，与莘田同班。我们的学校是西直门大街路南的两等小学堂。在同学中，他给我的印象最深，他品学兼优。而且长长的发辫垂在肩前；别人的辫子都垂在背后。虽然也吵过嘴，可是我们的感情始终很好。下午放学后，我们每每一同到小茶馆去听评讲《小五义》或《施公案》。书钱总是他替我付。我家里穷，我的手里没有零钱。

不久，这个小学堂改办女学。我就转入南草厂的第十四小学，莘田转到报子胡同第四小学。我们不大见面了。到入中学的时候，我们俩都考入了祖家街的第三中学，他比我小一岁，而级次高一班。他常常跃级，因为他既聪明，又肯用功。他的每门功课都很好，不像我那样对喜爱的就多用点心，不喜爱的就不大注意。在“三中”没有好久，我即考入北京师范，为的是师范学校既免收学膳费，又供给制服与书籍。从此，我与莘田又不常见了。

师范毕业后，我即去办小学，莘田一方面在参议院作速记员，一方面在北大读书。这就更难相见了。我们虽不大见面，但未相忘。此后许多年月中都是如此，忽聚忽散，而始终彼此关切。直到解放后，我们才又都回到北京，常常见面，高高兴兴地谈心道故。

莘田是学者，我不是。他的著作，我看不懂。那么，我们俩为什么老说得来，不管相隔多远，老彼此惦念呢？我想首先是我俩在作人上有相同之点，我们都耻于巴结人，又不怕自己吃点亏。这样，在那污浊的旧社会里，就能够独立不倚，不至被恶势力拉去作走狗。我们愿意自食其力，哪怕清苦一些。记得在抗日战争中，我在北碚，莘田由昆明来访，我就去卖了一身旧衣裳，好请他吃一顿小饭馆儿。可是，他正闹肠胃病，吃不下去。于是，相视苦笑者久之。

是的，遇到一处，我们总是以独立不倚，作事负责相勉。志同道合，所以我们老说得来。莘田的责任心极重，他的学生们都会作证。学生们大概有点怕他，因为他对他们的要求，在治学上与为人上，都很严格。学生们也都敬爱他，因为他对自己的要求也严格。他不但要求自己把学生教明白，而且要求把他们教通了，能够去独当一面，独立思考。他是那么负责，哪怕是一封普通的信，一张字条，也要写得字正文清，一丝不苟。多少年来，我总愿向他学习，养成凡事有条有理的好习惯，可总没能学到家。

莘田所重视的独立不倚的精神，在旧社会里有一定的好处。它使我们不至于利欲熏心，去趟混水。可是它也有毛病，即孤高自赏，轻视政治。莘田的这个缺点也正是我的缺点。我们因不关心政治，便只知恨恶反动势力，而看不明白革命运动。我们武断地以为二者既都是搞政治，就都不清高。在革命时代里，我们犯了错误——只有些爱国心，而不认识革命道路。细想起来，我们的独立不倚不过是独善其身，但求无过而已。我们的四面不靠，来自黑白不完全分明。我们总想远远躲开黑暗势力，而躲不开，可又不敢亲近革命。直到革命成功，我们才明白救了我们的是革命，而不是我们自己的独立不倚！

是的，到解放后，我们才看出自己的错误，从而都愿随着共产党走，积极为人民服务。彼此见面，我们不再提独立不倚，而代之以关心政治，改造思想。可是，多年来养成的思想习惯往往阻碍着我们的思想跃进。莘田哪，假若你能多活几岁，我相信我们会互相督励，勤于学习，叫我们的心眼更亮堂一些，胸襟更开朗一些，忘掉个人的小小顾虑，而全心全意地接受党的领导，作出更多更好的工作来！你死的太早了！

莘田虽是博读古籍的学者，却不轻视民间文学。他喜爱戏曲与曲艺，常和艺人们来往，互相学习。他会唱许多折昆曲。莘田哪，再也听不到你的圆滑的嗓音，高唱《长生殿》与《夜奔》了！

安眠吧，莘田！我知道：这二三年来，你的最大苦痛就是因为身体不好，不能照常工作，老觉得对不起党与人民！安眠吧，在治学与教学上你尽了所能尽的心力，在政治思想上你更不断地学习，改造自己，儿女们都已长大，朋友与学生们都不会忘了你，休息吧！特别重要的是，我们都知道，并且永难忘记：党怎么爱护你，信任你！疾病夺去你的生命，你的朋友、学生和子女却都会因你所受的爱护与教育而感激党，靠近党，从而全心全意地努力于社会主义的建设！安眠吧，五十年的老友！明年来祭你的时候，祖国的革命事业必又有飞跃的发展与成就，你含笑休息吧！

原载1959年1月22日《中国语文》1月号。

悼于非闇画师

于非闇画师的病故是全国画界的损失！

画师多才多艺，能画、能写、能刻印。善莳花、豢鸽、养鱼，并善于鉴赏古器。从养花养鸽等等得来的知识，都运用在绘画上，所以他特精绘事，尤精于花卉翎毛。

画师在施彩运墨方面，多遵宋元秘法，可是构图状物，一本真实，所以他笔下的一花一木既饶古趣，又有所创造。他极重写生。即在晚年，虽已成名，可是还时刻留神观察百卉虫鸟，以求精确。每逢公园牡丹盛开，或闻某处有菊花展览，他必去详为赏览，勾画底稿多幅。每值我家菊开，画师必来，徘徊花间，见细瓣如针，或色微韵秀，频谓“这怎么画呢？”事实上，他并不畏难；他千方百计地想办法，把最不易摹拟的画了出来。这便是创造，因为前人没有这么画过。

他善养鸽，著有专书。为了保卫世界和平的宣传，他画过各种各式的鸽子。对鸽子的姿态，他有多年的观察。可是，有一次朋友们求他作大幅的翔鸽图，他为了难。平日放鸽，他只能仰观。他没从上俯视过鸽子如何飞翔。于是，他就到城楼上去俯视鸽群的起落，而后动笔描画。这种严肃的态度，使许多青年画家受到感动。

他坚持日课，每日必画。他画工笔画，费时间较多。可是在解放后，他有多少作品啊。这证明他是如何精勤，至老不懈。他只住着三间小屋，但是他不因环境局促，而稍弛怠。绘画就是他的生命，一拿起笔来，他就得到无穷的乐趣，日夕不息地把春花秋卉赠给广大群众。是的，他的作品是雅俗共赏，受到普遍称赞的。到了晚年，他笔下的群芳特别明艳。他说：万紫千红，争奇斗艳，才足以配合新社会的新气象。

是的，他热爱新社会。他衷心感激党对他个人与对传统绘画的关切与爱护。为表示他个人对党的感激，他刻了一块图章，文曰“再生”。当他卧病医院的时候，他还念念不忘的就是画家要靠近党，在党的领导下发展国画事业。

入医院之后，他极为乐观。他相信自己会恢复健康，会创作出更多更好的作品来。可是，病痛夺去了他的生命，现在正在画舫斋展出的他的那幅极精彩的“牡丹鸽子”遂成绝笔！

非阇先生，安息吧！您的独具风格的作品会流传下去，您的徒弟们不但会继承您的画法，成为流派，而且也会发扬您的勤学苦练的精神，毕生不懈地争取青出于蓝而胜于蓝的成就。您的画界朋友们现在团结得很好，而且会更好，国画的发展的确可以作到百花齐放，推陈出新！安息吧，非阇先生！我们的国家正在百废俱兴，日趋富强，我们的美术事业也随之而欣欣向荣，生机活跃！

原载1959年7月7日《人民日报》。

梅兰芳同志千古

我们正在大兴安岭上游览访问，忽然听到梅兰芳同志病逝的消息。我们都黯然者久之，热泪欲坠！我们之中，有的是梅大师的朋友，有的只看过他的表演，伤心却是一致的。谁都知道这是全国戏曲界的一个重大损失！

我有许多话要说，但是心中悲痛，无法安排好我的话语。我只好想到什么就说什么，在这心酸意乱的时刻中，我已控制不住自己的感情，无法有条有理的讲话！

我与梅大师一同出国访问过两次，一次到朝鲜，一次到苏联。在行旅中，我们行则同车，宿则同室。在同车时，他总是把下铺让给我，他睡上铺。他知道我的腰腿有病。同时，他虽年过花甲，但因幼工结实，仍矫健如青年人。看到他上去下来，那么轻便敏捷，我常常对友人们说：大师一定长寿，活到百龄是很可能的！是呀，噩耗乍来，我许久不能信以为真！

不论是在车上，还是在旅舍中，他总是早起早睡，劳逸结合。起来，他便收拾车厢或房间：不仅把被子叠得整整齐齐，而且不许被单上有一些皱纹。收拾完自己的，他还过来帮助我，他不许桌上有一点烟灰，衣上有点尘土。他的手不会闲着。他在行旅中，正如在舞台上，都一丝不苟地处理一切。他到哪里，哪里就得清清爽爽，有条有理，开辟个生活纪律发着光彩的境地。

在闲谈的时候，他知道的便源源本本地告诉我；他不知道的就又追问到底。他诲人不倦，又肯广问求知，他不叫已有的成就限制住明日的发展。这就难怪，他在中年已名播全世，而在晚年还有新的贡献。他的确是活到老、学到老的人。

每逢他有演出任务的时候，在登台前好几小时就去静坐或静卧不语。我赶紧躲开他。他要演的也许是《醉酒》，也许是《别姬》。这些戏，他已演过不知多少次了。可是，他仍然要用半天的时间去准备。不，不仅准备，他还思索在哪一个身段，或某一句的行腔上，有所改进。艺术的锤炼是没有休止的！

他很早就到后台去，检查一切。记得：有一次，他演《醉酒》，几个宫娥是现由文工团调来的。他就耐心地给她们讲解一切，并帮助她们化装。他发现有一位宫娥，面部的化装很好，而耳后略欠明洁，他马上代她重新敷粉。他不许舞台上有任何敷衍的地方，任何对不起观众的地方。舞台是一幅图画，一首诗，必须一笔不苟！

在我这次离京以前，他告诉我：将到西北去演戏，十分高兴。他热爱祖国，要走遍各省，叫全国人民看见他，听到他，并向各种地方戏学习。他总是这样热情地愿献出自己的劳动，同时吸收别人的长处。五十多年的舞台生活，他给我们创造了多少新的东西啊！这些创造正是他随时随地学习，力除偏见与自满的结果。

他不仅是京剧界的一代宗师，继往开来，风格独创，他的勤学苦练，自强不息的精神，他的爱国爱党，为民族争光的热情，也是我们一般人都应学习的！

在朝鲜时，我们饭后散步，听见一间小屋里有琴声与笑语，我们便走了进去。一位志愿军的炊事员正在拉胡琴，几位战士在休息谈笑。他就烦炊事员同志操琴，唱了一段。唱罢，我向大家介绍他，屋中忽然静寂下来。待了好一会儿，那位炊事员上前拉住他的双手，久久不放，口中连说：梅兰芳同志！梅兰芳同志！这位同志想不起别的话来！

今天我在兴安岭中，大草原上，也只能南望悲呼：梅兰芳同志！梅兰芳同志！梅兰芳同志离开我们了，梅兰芳同志永垂不朽！

原载1961年《北京文艺》9月号。

敬悼郝寿臣老先生

郝老先生，我从十几岁刚刚会听戏的时候，就认识您。您可还不认识我。我看过您的戏。那时候，您扮演《打渔杀家》里的倪荣，和《失街亭》里的马谡等等。不管您扮演什么角色，哪怕只有一两句唱儿，或一点点武打，您总是全力以赴，一丝不苟。您不因扮演二路角色而不卖力气。这使观众看出来，以您的严肃认真，您的表演艺术成就是未可限量的。大家认识了您，即使您扮倪荣，一出台帘便有人喝彩。

郝老先生，您没有使大家失望。不久，您的《审李七》与《长坂坡》等便成为拿手好戏，驰誉京津。人家都说您是黄三老夫子的继承人，管您叫做“活曹操”。这是多么不容易得到的荣誉啊！

郝老先生，您会的戏很多，又有《审李七》等戏看家。按说，您就可以轻松自在地作个名演员了。可是，您并不满足于已得到的声誉。您要活到老，学到老，一出跟着一出，您把已将失传的剧目整理出来，和群众见面。大家多么兴奋啊，又看到《打督邮》、《打曹豹》、《打龙棚》、《黄一刀》……那时候，四大名旦竞演新戏，女演员们也不断演出新的剧目，而净角却欠活跃，今天，《草桥关》，明天《忠孝全》，没有相应的新尝试与贡献。只有您，当仁不让，不辞辛苦，把渐成绝响的剧目挖掘出来，加以整理，打破了花脸行的沉寂，得到观众的赞扬。大家都说：您既有深厚的根底，又肯好学不倦。您不止挖掘老剧目，而且与杨小楼、高庆奎、马连良诸名家共同钻研，整理出武生与花脸、老生与花脸合演的名剧。在当时，大家都争先恐后地去欣赏您自己独挑的，和您与诸名家合演的重排或新排的好戏；在今天看来，我们实在应当感谢您的孜孜不息，为京剧保存下来，增添出来，那么多的剧目。随着这些剧目，唱腔、脸谱、服装，与表演技术，因以丰富。

郝老先生，您在学戏的时候，看见过前辈们的演技，所以您有资格整理，重排那些老戏。您又能够择善而从，吸取各家的长处，所以在保存老节目之中，您又有所创造。您的唱腔、脸谱，乃至于一冠一带，都既根据传统，又加以改革。承前启后，定非过誉。按照传统，京剧净角，必须会演《醉打山门》、《火判》、《嫁妹》等昆曲。您承继了这个传统。您学过多少出昆腔，我不知道。可是，在您中年，您演出了最受欢迎的《醉打山门》。那是多么繁重难演的戏呀，您可是不因难而退。您的继承传统，不是找容易的去学，而是敢碰一碰那最难的！您有毅力，不怕难！同时，在《醉打山门》

中，您也改造了鲁智深的形象。您不因那是最难的而只求循规蹈矩；不，您愿独出心裁，推陈出新！

郝老先生，您一生始终守身如玉，这是内外行久已知道的，钦佩的。您把个人的修持与艺术的修养视为分不开的。是的，您在旧社会里演戏那么多年，而没有染上旧社会里的坏习气。您有一股正气。旧日的统治阶级是看不起戏曲演员的，您可是以那一股正气打退他们的欺侮。在日本军阀占据北京的时候，您留下胡子，不肯再登台。

郝老先生，在解放后，您高兴起来，欣然就任北京戏曲学校校长。学校初创，条件很差。您可是兴高采烈。校长室并不是专为办公用的，而是老有一群孩子围着您，请您说戏。孩子们爱您，您感到愉快，只要他们肯学，您就肯教。您感激党与政府，决定把全身本领传授给第二代。在您身体不大好的时候，也还把孩子们叫到家中去上课。而且，您教花脸戏使用自己的路子，赶到教铜锤戏呢，又用金秀山等前辈的唱法。这不仅因为您渊博，而且表现了您只看艺术，不存门户之见。

郝老先生，您的逝世是京剧界的一个损失。可是，您的道德品质与表演艺术是会留芳千古，影响后代的。安眠吧，我们敬爱的郝老先生！

原载 1961 年 11 月 30 日《人民日报》。

敬悼我们的导师

欧阳予倩老院长病故，我们失去一位最可敬爱的导师！“我们”包括着戏剧、戏曲、舞蹈、文学创作各方面的工作者。老院长学识渊博，艺术实践经验又极丰富，的确是我们的导师！他的逝世是文艺界的重大损失！

老院长不但在学识上、经验上是我们的导师，而且在态度上又是那么循循善诱，诲人不倦，慈祥如师，温和如友。每逢遇上他老人家，我总觉得如坐春风，不但长许多知识，而且得到鼓舞。不管我的作品如何拙劣，他永不肯把话说绝。他肯批评，而不忘鼓舞，指出缺点，同时也必说某些地方还有可取。因此，他的批评是热情的帮助。这也就看出，他老人家热爱文艺，也热爱一切文艺工作者，能帮忙必定帮忙，该鼓励就鼓励。自从我认识他，他没有一次使我觉出他老气横秋，或表示我所请教的很幼稚，值不得详尽回答。不，他是有问必答，永远温和谦蔼。他的修养越深，态度也越亲切可爱。他不使人害怕，敬而远之。他的言谈、风度真像是温暖的春风，使群花欣欣向荣。

每逢我去看他，或他来看我，都叫我高兴好几天。在他老人家面前，我什么都说，不必顾虑。他老人家随时把别人的兴趣当作自己的兴趣，不因非己之所好，便不乐意听，不高兴谈。请他看画，他就高兴地看画，而且说出他的意见，与如何欣赏的道理。请他看花，他便高兴地看花，而且过两天就送一盆花来。他的文艺修养是那么深，所以修养变成涵养，使艺术生活变为生活的艺术，喜欢一切美好的，厌恶一切丑恶的。

他老人家热爱社会主义。因此，他对我写的现代题材的作品，不管怎么不像样子，也格外鼓舞，总是笑着说：再加把力，总会写好的！我十分感激！我想，感激老院长的不止我一个人！他有多少朋友，多少学生啊！他对社会主义文艺的发展有多么大的影响啊！

安眠吧，我们最敬爱的导师！我们会努力写出更多更好的作品，演出更好的戏剧与舞蹈，有助于社会主义建设！我们忘不了、辜负不了您的教导与爱护！

原载1962年9月25日《光明日报》。

记忆犹新

刘宝全老先生一出场，就使听众精神为之一振。他的高身量与爽爽朗朗的风度，使大家感到只有他才配表演赵子龙、李逵等英雄人物。他的艺术修养是那么深厚，使大家觉得他就是那些人物的化身。这一点，他和杨小楼老先生有相同之处，虽然一位是曲艺演员，一位是戏曲演员。

他一出场，听众就报以热烈的喝彩与掌声。大家喜爱他，钦佩他，都觉得能够听到他的歌声是一种幸福的享受，非喝彩、鼓掌不可！

他开始打鼓，台下立刻极其肃静，聚精会神地等候他开口歌唱。在旧社会的书场里，秩序很坏，可是刘先生能够叫大家屏息静听。这不容易！

收住鼓板，他自行“报幕”，交代要唱哪个节目。大家又报以喝彩声。大家知道，他经常演唱的节目都经过千锤百炼，无不精彩。他的每一段里都有独创的唱腔，由全段看来，又每段有每段的特有气氛——悲壮的故事则通体以激昂慷慨为主，喜剧性的节目则通体以轻松明快行腔。

他开口了。他有清劲高亮的嗓音，加以多年的锻炼，所以唱得有气势，有韵味，有顿挫，有感情。不管多么快，每个字都清楚。不管多么慢，总是腔缓神全，不拖泥带水。唱着唱着，忽然高拔入云，如鹤唳九天，或忽然刹住，斩钉截铁。他的眼神、手势、鼓板，都恰好帮助他把人物形象唱活了，活生生地立在听众面前。他的嗓音既那么美，而又能运用歌声画出风景与人物来，使人耳中听见，同时眼也看见，这是极高的表演才能，不怪大家都称他为鼓书大王。

他精通京戏，弹得一手好琵琶，所以他能创造新腔，自成一家。在他演唱的时候，多少曲艺内行与京戏名演员都来向他学习。

四十年前，我在天津住过半年。那时候，刘老先生正在天津献艺。上面所说的，是我在四十年前所得到的一些印象，至今历历如在目前。

原载 1962 年 10 月 18 日《曲艺》第 5 期。

致子祥兄

一九二五年九月二日

子祥[1]兄：

顷得友书，谓有人代为议婚，请严词拒绝。

弟之爱家庭，非常不圆满，惭愧之至。所望者弟虽对家中不能十分尽力，仍希望家中了解我之苦衷。弟既无意婚事，且在异域无乱为之处，何必期期为我找一头吃饭的货?

弟非轻视女子，母亲，姊，嫂均极敬重，证之事实，恐难否认。不过对自己婚事，则对任何女子尚未曾发过恋爱，因我之性情与女人（除去我亲爱的母亲，姊，嫂们）不相投。

① 子祥，名舒庆瑞（1892—1962），老舍先生的哥哥。

我主张潇洒无束，女人们讲有里有面；我愿多办社会上的事，妇女则喜办家内的事。我在国内，可有一回到家问米面多少钱一斤，煤油几个铜元一两否？就是有时母亲对我说，我听是愿意听，可是听完了就全忘了。我并不是不同意母亲所说的，只是我有我的事，要把煤油、米面的事多记住，而把我自己的事就都忘了，那还能整块的挣大钱吗？（仲董[②]的话）

我临出国之时曾嘱咐您千万莫代我主张婚事，希望您实行我的话，不必听别人的！还是那句话，谁给我定婚，谁替我养着，我没有那份本事多挣钱。我一点怒气都没有，我只是明明白白地陈说个中的利害与我不结婚的理由。我不是说人们不应当结婚，不过我自己不愿结婚！我不敢说结婚一定有损无益，我只是从事实上想我不能结婚。我没有相当心目中的女子，因为我不交女朋友，怎能相爱呢？我见着女子躲还躲不及，还能赶着人家表示好意吗？我常走的地方是哪几处，您知道！我交往的朋友，您知道，您看得出半点痕迹没有？自然没有！？本来我丝毫没想到那个问题上头去，怎能有什么痕迹呢？我若是有什么相当的人，我也早告诉家中了，因为婚姻本是正大光明的事，我又是直嘴快心的人，有何不可说呢？我实在没有，我实不愿意结婚，我实在不能结婚，那么，我怎能愿意别人替我定一个媳妇呢。天下

② 仲董，即舒仲董，舒庆瑞的二儿子，此名是老舍先生所取。

有不愿自己定婚而愿别人紧着张罗的吗？

设若家中没有这件事，那么，我告个罪，作为我无中生有，多说废话。若是真有这件事，赶快打退堂鼓，比什么都好。朋友们来说，不必觉得不好意思推辞；我相信要是真正好朋友也真不管我的婚事，因为他们是明白我的。话说完了，专等回信。

敬祝

平安！

舍予

二，九，二五

原载1941年3月8日《立言画刊》第128期。

致胡适

一九二六年九月三十日

适之先生：

先介绍我自己：舒舍予，北京人。现在东方学院（School of Oriental Studies）教京话和中国文学。

我读过先生的著作，在教育部国语讲习会听过先生的讲演，可是先生不认识我。

我打算看你去，不知何时得暇?

我刚写成一部小说，想求先生给看一看。原因：

1. 我前者作了一个小说，寄给上海郑振铎。他已允代刊印，我又后悔了！因为，我匆匆写好，并没加修正，可是郑说，已经付印，无法退回。所以这次我想非请个人给我看一看不可。

2. 我的小说写得非常可笑，可是，是否由滑稽而入于“讨厌”，我自己不知道。这又是一个要请教的地方。

我的小说约有三百页，三四天便可看完，如先生不十分忙，我真希望能代我看一看！如先生太忙，我就不敢去了。

敬祝 平安

舒舍予 拜

1926 年 9 月 30 日

我的通信处：C. C. Shu

31. St. James's Square

Holland Park

W. 11

原载耿云志主编《胡适遗稿及秘藏书信》第 37 册，黄山书社 1994 年版。

注：胡适于 1926 年 9 月前后正在英国伦敦参加中英庚子赔款会议，老舍先生得知后，就近给胡适写此信。

信中提及的长篇小说是指《赵子曰》《老张的哲学》。《老张的哲学》从 1926 年 7 月号起在上海《小说月报》开始连载，单行本于 1928 年 4 月由上海商务印书馆出版发行。

赠关友声[①]

覃思画境秀如秋，敛尽锋芒绘浅愁。
墨未到时神远瞩，笔留余意树微羞。
山从心里生云气，露在毫端滴石头。
俱是空灵诗韵味，天边语响落轻舟。

原载1992年12月22日《人民政协报》。

① 本篇1933年作于济南。关友声（1906—1970），山东济南人，中国现代著名画家。

题扇面赠马子元拳师

去夏患背痛，动转甚艰。勤于为文，竟日伏案，实为病根。十年前曾习太极与剑术，以就食四方，遂复弃忘。及病发，谋之至友陶君子谦，谓："健身之术莫若勤于运动，而个人运动莫善于拳术。"遂荐马子元先生，鲁之名家也。初习太极，以活腰脚，继以练步，重义谭腿、查拳、洪拳、六路短拳等，藉广趣味；兼及枪剑与对击，多外间鲜见之技。一岁终，已得二十余套。每日晨起，自习半时许，体热汗下，食欲渐增，精神亦旺。子元先生教授有方，由浅入深，不求急效，亦弗吝所长，良可感也。端午又近矣，书扇以赠。书法向非所长，久乏练习，全无是处，藉示激感耳。二十三年端午节前三日书奉，子元先生正教，舒舍予。

本篇据手迹收入，《老舍》（画册），北京燕山出版社 1997 年版。

题“全家福”[1]

爸笑妈随女扯书，
一家三口乐安居。
济南山水充名士，
篮里猫球[2]盆里鱼。

一九三四年秋

原载 1934 年 9 月《论语》第 49 期。

① “全家福”为老舍先生与夫人胡絜青和长女舒济的合照。

② 小猫，名“球”。

致赵家璧

一九三三年二月六日

家璧[①]兄：

事实使你以为我变化无常，有如孙行者。但事实究竟是事实。前两天听郑振铎说：《小坡的生日》底版已毁，可以提交别家承印。我马上就去信问，是否还通知"商馆"一声，以免事后有麻烦。他还未回信。假如"小坡"能自由，那真不错；一、"小坡"很得文人——如冰心等——的夸美。二、六万多字长，恰好出小书。三、是我得意之笔。四、能马上就印，不必等着。五、北平与济南的国语运动机关久想印它，为宣传纯正国语的教本；"良友"能印岂不甚好。

等等郑的回信吧。他说"行"，马上我将《小说月报》

---

① 赵家璧（1908—1997），作家、编辑出版家。当时在上海主持良友出版公司。

登过的全份奉寄。《离婚》呢，就再讲了。

《离婚》不能快成，我于上课时间实在没工夫写。况且，我要拿它恢复被“猫城”所丢的名誉，非详加改正后不出手。再说时局如此，而我又非幽默不可，真是心与手违；含着泪还要笑，笑得出吗？不笑，我又不足得胜！

不过，您如不要“小坡”，而一定要《离婚》，也可以；只是得等些日子。非到暑假，我不能安心写。

广告请迟一下再登吧。如愿要“小坡”，请等我的信。如不愿要它，而要《离婚》，请先给我个信。

祝吉

舍 予 二月六日（二十二年）

一九三三年七月十二日

家璧兄：

《离婚》于本月十五号可得，约十一万左右。比“猫城”强得多，紧练处非《二马》等所及。未悉兄是否在沪，谨先函询，恐寄到有失闪也。如兄在沪，当于十七八号全部邮奉。弟向不愿作序，仍愿付之缺如。

祝吉

舍 予 七月十二日（二十二年）

一九三三年八月二十八日

家璧兄：

谢谢信，并谢谢为《离婚》这样分神，而且这样的客气！短文虽写了不少，但均系一时游戏，景过势迁，或即失其趣味。且匆匆写成，文字多未妥当。所以始终无意把它们集中起来。再说中国今日文艺界，以浮浅为一大病；幽默虽未必与浮浅同一意义，但那些短文确是信手写成的，故亦不愿郑重其事的印起来。

我倒有个意见，不知您以为如何？我向来不大写短篇小说，可是今春各杂志征稿，无法均以长篇为报，也试写了几篇短的。最近《文艺月刊》登的《大悲寺外》居然得了些好评，在"自由谈"上也还有为这篇而起的辩论。本月又寄了两篇，将分登于《文艺》与《文学》，也还不算坏。好不好再等些日子，凑足了十几篇——现在即能凑上八九篇，但字数当不过五万，或者太少了——归尊处出的短篇集，已有的几篇，有的严重，有的幽默，还不至太单调。你如以为可办，请先看看，《大悲寺外》(《文艺月刊》四卷一期)，《歪毛儿》(《文艺月刊》四期，下月的)，与《微神》(《文学》四期，下月的)。这三篇如有可取，我便将以前的选取几篇，再等写一两篇较长的，共凑十来篇，约六七万字。全听你的，我没有主意。

幽默文章大概都凑上也没有多少字，恐怕还成不了"集"。还有在"自由谈"上与"语林"上的我都没留稿子，登出后我也没看见，这还是怕麻烦。

说了一车不得要领，还是听您的吧。

祝吉

舍 予 八月二十八日（二十二年）

原载孔另境编《现代中国作家书信》，生活书店1936年版。

一九四八年七月二十六日

电报[①]

中国 上海

四川路250号（中段）

晨光出版公司[②]

赵家璧先生[③]收

确认《离婚》版权合法性至关重要[④]，如有必要和可能，请于内务部查询后并电告以下情况：1933年出版的《离

① 这是老舍先生自美国发给赵家璧的电报，由舒悦翻译，胡允桓校阅。

② 1946年由老舍先生资助在上海兴办的图书出版公司。计划出版老舍先生的全部作品和其他现代作家的文学作品。

③ 晨光出版公司的经理。

④《骆驼祥子》的英译者伊文·金于1948年又翻译了老舍先生的《离婚》。但他任意做了大量的修改和增删，以致面目全非，严重歪曲了原著。老舍先生多次交涉无效，以致两人合作关系破裂，并产生了版权纠纷。

婚》[1]的中文版版权手续是否完备？如果是，请列出保护版权的各项规定：1933年版的封面是否印有版权字样？如果有，不论是中文还是英文，请将原文抄我；另外，请将1947年版及其他版本的有关情况按上述要求寄我。上述情况请电告我在纽约的出版人，电报费我已预付。

地址：纽约，哈布雷斯。

请将您手中的其它有关资料也寄我。

舒舍予

引自舒悦《老舍致美国友人书简四十七封》，原载1988年《十月》第4期。

① 《离婚》的初版是1933年8月由良友出版公司出版的。

答友人书

一九三八年一月

××兄：

接到你的信，谢谢。蒙关心我的家庭问题，问她们现在何处。她们仍在家中，不想动，也不能动。老的老，少的少，在家与出来，同样受罪，故不想动。路上难走，东西都贵。老人无力，孩子易病，大家没钱，故不能动。前者有幼时同学王君来求助，他八口之家，一齐出来，我赠以衣被和几块钱，实在没有更大的能力和更好的办法。王母年七十，另需人扶。逃至一地，更不许子女离开；逐至王君与两妹束手无策。有工作不敢答应，而求助又非长策，大家困住，无法可想。在我看，今日之事，应把旧日之为人大道，从新想过。尽忠就难以尽孝。年老的，应该看守家园，即使有生命危险，也当自问风烛残年，有何作为？应把子女放出，各谋出路，少壮人在此时，有可能作事，老年人就别再做子弟的累赘。

壮的既能作事，就别再怕伤父母的心而自弃。因此，我看王君的困苦可怜又可惜，弄得全家无办法，毫无益处。对于我自己的家庭，我也就以此为准。能走的走，不能走的便留守。走的不就是逃命，而是为国家社会卖点力气，而留在家中的，不就是等死而是给壮年的一些勇气，教他们放胆去奋斗，不必顾虑家庭。人孰无情？弃家庭，别妻小，怎不伤心？可是国难至此，大家就该硬起心肠，各尽其力；不能不把眼泪咽在肚里。谁也不当怨谁，而是一齐为国家设想，为国牺牲。

再说，全国抗战，哪里是安乐土，已极难言。我们财力都不大，设若把全家今日搬西，明日搬东，即使道途幸无险阻，可是我们的精神与金钱，便完全花费在这上面，还有什么能力去作点更有意义的事呢？自然，我们中年人理应为家属谋安全，但是国家大事也不许、绝对不许置之不问。为家庭应有相当的安置，以求对得起良心，这是理当如此；但是为国卖命，事体更大，使家庭吃点亏，也就无法。这不是不讲人情，而是成仁取义，难以面面俱到。在北方，我看见许多人家，如热砧上的蚂蚁，搬来搬去，不知如何是好。结果呢，家人并未得安全，而车费不知花了多少。我就想，假若把这一笔白费了的车费，提出几成，买了救国公债献给政府，不有很大的用处么？可是这一笔钱竟自这样花了，无丝毫好处，只忙了火车轮船。有时甚至把老小活活的挤死。这是何苦来！我觉得，我们对家小应该抱“谋事在人，成事在天”的态度。对自己则求无愧于心，大小必须尽些抗敌的任务。我们再不能因私废公，为家弃国。反之，我们必须权其轻重，成个有用的国民。父子兄弟之情是私，杀敌为国之责属公。二者不可得兼，便须取其大者。有些富家，搬移十次或二十次之后，现在已有迁到外国的准备，这是我们学不到的。有钱无国，他们满可自豪，走遍天下，作个没心少肺的人，他们或者还觉得很舒服。我们既没有此等富力，根本不用想作高等的流氓。反之，我们却仍想把这一膀子的气力卖在国内。于是，把肩上的重担，理应拨拉清楚，好去轻轻爽爽作点事情。扶老携幼，已非其时，骨肉别离，只是悲剧中的一幕。若为儿女甘作马牛，同归于尽，便真是全部毁灭了。毁家于难，与别妻从军，在今日宜是常情，并非心肠特别硬也。

写了不少，倒非专为自家辩护，亦以坚决我兄及早出来，作些有益国家的事。顾虑太多，反易违时败事。勇往直前，或许有所成。我们不怕打仗，只怕没人再接再打。出来呀，现在到处需人，不应再迟疑不决了。到哪里都好，就请别老在家里。

匆匆祝

吉！

引自马国亮《良友忆旧录（51）——老舍的一封信》，原载1986年1月香港《良友画报》第20期。

本信曾部分发表于1938年1月《抗战》第13期。

致陶亢德

一九三六年八月前

亢德[①]兄：

谢谢信！先决定一件事：由八月起，我供给《宇宙风》个长篇。由八月一日起，每月月首您给我汇80元；我给您一万至一万二千字。全篇登完，不一定交人间书屋出单行本，因为有人屡向我索书，不好意思太那个了。

《逸经》答应我的条件，我就写；不然，我就先写，而后找地方出书；零售与整卖，不过时间上有差别而已。

上海非我所喜，不想去。编辑，如需要我顶名，请即利用之；不要钱，钱不管事。

"樱海"与"天赐"近来还能卖否？

---

① 陶亢德（1908—1983），现代作家、编辑家，当时是上海《宇宙风》的编辑。

匆匆，祝

吉！

要是决定这么办我就开始写了。

弟舍予躬

一九三七年八月

亢德兄：

示，谢！

弟以十三日到济，携物不多，预料内人能届满月，再回去接眷运物也。乃十四日即有事变，急电友促妻来；她产后亦恰十四日，无力操作收拾，除衣被外尽放弃，损失特重。到济，她入医院静养，我住学校，小济等住友家；旋小济亦病，入院，一家数地，杯碗兼无；大雨时行，不得出屋，真急杀人也！北平复无信，老亲至友，生死不明，寝寐不安！稍晴，乃入市置买零物，略略成家；青岛虽仍僵持，亦不敢冒险回去取物，不知何时即开火也。

济南尚平静，一时亦不至有兵灾，唯郊外水漫及城，青菜稻田皆没，而一旦东线有事，难逃空袭也。

日来，冒雨奔走，视妻小，购物件，觅房所，碌碌终日，疲惫不堪，无从为文。《宇宙风》暂停，出不得已，慎勿愤愤也！

…………

日侨在济者已全退出，在青者渐亦退清，可以战矣。青市……据人言——已成空市，铺户皆闭，即使沉着气住下，亦无法生活也。

匆复，祝

吉!

弟舍

有何迁动，千祈示知!

亢德案：老舍先生本拟在“八一三”离青来沪，“八一二”闻沪局有破裂讯，急电告“沪紧缓来”。嗣得信，赶往济。顷得详信，读之叹气。谁为为之，孰令致之？不共戴天，中国与日本之谓也。

原载1937年9月《宇宙风·逸经·西风联合旬刊》第2期。

一九三八年三月十五日

亢德兄：

由家出来已四个月了。我怎样不放心家小，是你可以想象得到的；因为你现在也把眷属放在了孤岛上，而独自出来挣扎。我的唯一武器是我这枝笔，我不肯教它休息。你的心血是全费在你的刊物上，你当然不肯教它停顿。为了这笔与刊物，我们出来；能作出多少成绩？谁知道呢！也许各尽其力的往前干就好吧？

这四个月来，最难过的时候是每晚十时左右。你知道，我素日生活最有规律，夜间十点前后，必须去睡。在流亡中，我还不肯放弃了这个好习惯。可是，一见表针指到该就寝的时刻，我不由的便难过起来。不错，我差不多是连星期日也不肯停笔，零七八碎的真赶出不少的东西来；但是，这到底有多大用处呢？笔在手里的时节，偶尔得到一两句满意的文章，我的确感到快乐，并且渺茫的想到这一两句也许能在我的读众心中发生一些好的作用；及至一放下笔，再看纸上那些字，这点自慰与自傲便立时变为失望与惭愧。眼看着院内的黑影或月光，我仿佛听见了前线的炮声，仿佛看见了火影与血光。多少健儿，今晚丧掉了生命！此刻有多少家庭被拆散，多少城市被轰平！这一夜有多少妇孺变成了寡妇孤儿！全民族都在血腥里，炮火下，到处有最辛酸的患难，与最悲壮的牺牲。我，我只能写一些字：即使我的文字能有一点点用处，可是又到了该睡的时候了；一天的工作——且承认它有些用——不过是那么一点点呀！我不能安心去睡，又不能不去睡，在去铺放被子的时候，我觉得自己不过是个无知的小动物，又须到窝穴里藏起头来，白白的费去七八小时了！这种难过，是我以前所未曾有过的。我简直怕见天黑了，黄昏的暮色晚烟，使我心中凝成一个黑团！我不知怎样才好，而日月轮还，黑夜又绝对不能变成白天！不管我是怎样的想努力，我到底不能不放下笔去睡，把心神交与若续若断的恶梦！

身体太坏。有心无力，勇气是支持不住肉体的疲惫的。作到了一日间所能作的那一些，就像皮球已圆到了容纳空气的限度，再多打一点气就会爆裂。这是毕生的恨事，在这大家都当拼命卖力气，共赴国难的期间，便越发使人苦恼。由这点自恨力短，便不由的想到了一般文人的瘦弱单薄。文人们，因生活的窘迫，因工作的勤苦，不易得到健壮的身体；咬牙努力，适足以呕血丧命。可是他们又是多么不服软，爱要强的人呢。他们越穷越弱，他们越不肯屈服，连自己体质的薄弱也像自欺似的加以否认或忽略。衰病或夭折是常有的当然结果，文学史上有多少“不幸短命死矣”的嗟悼呢！他们这样的不幸，自有客观的，无可避免的条件，并非他们自甘丧弃了生命。不过，在这国家危急存亡之秋，我不愿细细的述说这些客观的条件与因由，而替文人们呼冤。反之，我却愿他们以极度的热心，把不平之鸣改作自励自策，希望他们也都顾及身体的保养与锻炼。文人们，你们必须有铁一般的身儿，才能使你们的笔像枪炮一样的有力呀！注意你们的身体，你们才能尽所能的发挥才力，成为百战不挠的勇士。于此，我特别要诚恳的对年轻的文艺界朋友们说——或者不惜用“警告”这个字：要成个以笔为武器的战士，可先别忽略了战士应有的铜筋铁臂啊。“白面”书生是含有些轻视的形容。深夜里狂吸着纸烟，或由激愤而过着浪漫的生活，以致减低了写作的能力，这岂但有欠严肃，而且近乎自杀呀！日本军人每日在各处整批的屠杀我们，我们还要自杀么？我们应当反抗！战士，我们既是战士，便应当敏捷矫健，生龙活虎的冲锋陷阵。我们强壮的身体支持着我们坚定的意志。笔粗拳头大，气足心才热烈。我们都该自爱自惜。成为铁血文人，在这到处是血腥与炮火的时候，我们才能发出怒吼。惭愧，我到时候非去休息不可，因为身体弱；我是怎样的期待着那大时代锻炼出来的文艺生力军，以严肃的生活，雄美的体格，把“白面”与“文弱”等等可耻的形容词从此扫刷了去，而以粗莽英武的姿态为新中国高唱前进的战歌呢！浪漫，为什么不可以呢？！然而我们的浪漫必是上马杀敌，下马为文的那种磊落豪放的气概与心胸，必是坚苦卓绝，以牺牲为荣，为正义而战的那种伟大的英雄主义。以玫瑰色的背心，或披及肩项的卷发，为浪漫的象征，是死与无心肝的象征啊。

自恨使我睡不熟，不由的便想起了妻儿。当学校初一停课，学生来告别的时候，我的泪几乎终日在眼圈里转。“先生！我们去流亡！”出自那些年轻的朋友之口，多么痛心呢！有家，归去不得。学校，难以存身。家在北，而身向南，前途茫茫，确切可靠的事只有沿途都有敌人的轰炸与扫射！啊，不久便轮到了我，我也必得走出来呀！妻小没法出来，我得向她们告别！我是家长，现在得把她们交给命运。我自己呢，谁知道能走到哪里去呢！我只是一个影子，对家属全没了作用，而自己也不知自己的明日如何。小儿女们还帮着我收拾东西呢！

我没法不狠心。我不能把自己关在亡城里。妻明白这个，她也明白，跟我出来，即使可能，也是我的累赘。我照应她们，便不能尽量作我所能与所要作的事。她也狠了心。只有狠心才能互相割舍，只有狠心才见出互相谅解。她不是非与丈夫揽臂而行不可的那种妇女，她平日就不以领着我去看电影为荣，所以今天可以放了我，使我在这四个月间还能勤苦的动我的笔。

假若——呕，我真不敢这样想！——她是那从电影中学得一套虚伪娇贵的妇女，必定要同我出来，在逃难的时候，还穿着高跟鞋，我将怎办呢？我亲眼看见，在汉口最阔绰的饭店与咖啡馆中，摆着一些向她们的丈夫演着影戏的妇女。她们据说是很喜爱文艺呀。她们的丈夫们是否文艺家，我不晓得；我只不放心，假若她们的丈夫确是作者，他们能否在伺候太太而外，还有工夫去写文章呢？假若在半夜由咖啡馆回到家中，他还须去写作，她能忍受在天明的时节，看到他的苦相——与男明星绝对相反的气度与姿态吗？

我想念我的妻与儿女，我觉得太对不起她们，可是在无可奈何之中，我感谢她，我必须拼命的去作事，好对得起她。由悬念而自励，一个有欠摩登的妇人，是怎样的能帮助像我这样的人哪！严肃的生活，来自男女彼此间的彻底谅解，互助互成。国难期间，男女间的关系，是含泪相誓，各自珍重，为国效劳。男儿是兵，女子也是兵，都须把最崇高的情绪生活献给这血雨刀山的大时代。夫不属于妻，妻不属于夫，他与她都属于国家。香艳温柔的生活只足以对得起好莱坞的苦心，只足以使汉口香港畸形的繁荣；而真正的汉奸所期望的也并不与这个相差甚远吧？

现在，又十点钟了！空袭警报刚解除不久。在探射灯的交插处，我看见八架，六架，银色的铁鹰；远处起了火！我必须去睡。谁知道明日见得着太阳与否呢？但是今天我必须作完今天的事，明天再作明天的事。生与死都不算什么，只求生便生在，死便死在，各尽其力，民族必能于复兴的信念中。去睡呀，明日好早起。今天或者不再难以入梦了，我的忧思与感触已写在了这里一些；对老友谈心，或者能有定心静气的功效的。假若你以为这封信被别人看到，也能有些好处，那就不妨把它发表，代替你要我写的短文吧。

《大风》已收到，谢谢！希望它更硬一些。

全国文艺界抗敌协会拟在本月下旬开成立大会，希望简公们都入会。你若能来赴会，更好！祝

安！

老舍 武昌，二十七，三，十五夜。

原载1938年5月1日《宇宙风》第67期；本信发表时题为《一封信》。

一九三九年五月十七日

亢德兄：

在战时首都，已住有九个月了。在这九个月里，我给您

和复您的信，都是三言两语，简单得难以为情；信尾巴照例的总是“忙，不多写”，为是表明我不是没话可说，而是没工夫说话。不过，假若我是您，恐怕也要纳闷：“这家伙到底忙什么呢？”我想您必已那么纳闷过，因为“忙，不多写”只表示了我忙，而未说明为什么忙啊。今天，我是在乡下，水田三面，青山数峰，晨有鸟鸣，晚听蛙曲，门外连个卖油条的也没有。乘这个机会，我决定给您写封长信：（一）略减心中的难堪；（二）说明几月来忙的是什么；（三）过两天就又回城里去，一到城里，我的时间便不听我的话了。

我记得：在去年三月下旬，全国文艺界协会（以下简称“文协”）开过了成立大会的时候，我给过您一篇短稿，报告开会的盛况。后来在七月尾，“文协”奉命疏散，以八月中旬抵渝，我又给了您几百个字，略述旅途中的感触。假若您也还记得上述的两篇小文，或者您就可以猜测个八九不离十，我忙的是什么了。

“文协”是由去春在武汉的全体文艺工作者发起的。我恰在武汉闲住，所以也被约为发起人之一。开大会那天，选出理事四十五人。这四十五人中多一半是住在武汉，以便随时可以开会；少一半是散居各处的，以便互通声气，在各地推动工作。大概到今天，还有已被选为理事而不知其事的，那是因为会里没法去函通知，或因特殊关系不便通知他们。这也许是过于小心，可是会中不能不多留点神。郭新与姚棠就都是理事，而会中始终未与他们通信，即是一例。理事会成立了，决定有闲的多负责办事，我正赋闲，便义不容辞地多跑跑腿。今年改选，我仍当选，不因为别的，而是因为我还在赋闲，有工夫帮忙。据从孤岛来的一位友人说，岛上小报，载有我携皮包，很神气的到某衙门办公的消息，显系传闻之误，我忙且穷，并无薪俸可拿也。过去的一年中，有不少的朋友到政府机关去作事：精诚团结，政府求才，才得其用，正是很合理的事情；我个人所以不愿入衙门者，只是因为才薄学浅，担不起重任而已。不作官，而在“文协”帮忙，亦是在朝在野，各自努力救国之意，并没有什么清高不清高的界判。

说到这里，我想您已经看清我是为了什么忙碌，忙碌得连信也没工夫写了。可是，我必须先说明白：我之帮忙“文协”，可只是帮忙，并非主持会务。“文协”的会务是由理事们负责办理，并没有什么会长副会长，所以也就很难说谁主持一切。没有谁主持什么，事事都由理事们商妥办法，而后交给大家去作，凡是会员都应负些责任。我所帮忙的，只是事务的一部分，而且并不比别人做的多着多少。把这些说清，您就可以明白了：（一）“文协”是全文艺界的组织，事务由大家分担；（二）因我个人的忙碌，您可以想象到别人的热心，“文协”并非只挂了一面牌子而没事做，或不做事；（三）理事与会员们必须担起工作，因为会中经费不充裕，不能多聘用拿津贴的职员；会中愿尽可能的把钱花在事务上，不愿多花在薪资上。

那么，您也许要问，“文协”到底做出什么来了呢？很不容易回答。我先请您认清这一点：凡是一个组织，必有它的事务与事业，而这二者是不可分离的。事业越多，事务自然越多，一件事业往往有许多件事务。事务没人做，事业绝不会做起来。因此，“文协”的事务——写信，打电话，跑腿，开会……必须有人做，而后才有事业可表现。这可就忙坏了大家，而外间也许毫无所知。这一年多，大家都不敢偷闲，可是连这样不识闲，事情还是没办出多少；事情有很多，客观的困难可也不少，往往用了很大的力量而扑个空。可足自慰者，不管怎样，会务可是始终没有停顿，停顿若是等于死亡，那么“文协”绝没有死亡的危险，因为大家还都很忙。

现在不妨再从正面来说。以言出版，“文协”已有三个小刊物：会刊，前线增刊，和诗歌专刊。假若能筹出钱来，在不久将添印会刊的英文版。以会中经费的困难，以今日邮递的迟滞（深深影响到稿件的来源），以首都纸张的昂贵及印刷的不便，能支持三四个刊物实在不是件容易的事！以言组织，成都，昆明，香港，襄樊等处次第成立了分会，都与总会取得密切的联系。以言研究，文艺各部门都有了座谈会，编辑各部门的宣传小册子，并随时供给各机关各报纸以宣传文字。这一些小小的成绩，当然不足使任何人满意，最感到不满意的恐怕还是负责办事的人。要办事而办不出，不是最难堪的吗？不过，在自觉不满之中，可也必须把经费及其他种种困难算进去，不公平的自咎也有时候显着过于谦退而有失爽朗真诚。经费既窘，困难复多，而还能有这么一点点的成绩者，实在是因为大家真肯团结，真肯劳而不怨；这才是值得大书特书的。假若没有团结的真诚，恐怕就是有了钱也不会有任何建树的。

作到了精诚团结，所以才引起各处文艺者的敬重，而分会次第成立。分会的工作，因为地方上特殊的关系与条件，也许比总会作得更切实更活泼，可是总会的重要并不因此稍减。总会的工作，因为是总会，事实上不能胶着于某点上；它必须把团结的精神渗透到各分会，而使各分会能就地设法，推动各地所需的工作。总会一闹笑话，分会的工作，自然受到恶劣的影响。总会，所以，必须是个精神的领导者。因此，总会的工作是多方面的，必善于应付，使社会上认识它信任它，而后才能把分会巩固住，使分会的工作能在地方上顺利的进行。这可不是说，总会的工作只限于应付与交际，而不愿脚踏实地的做些什么。它很愿多做出些事来，一方面在精神上领导着全文艺界，一方面也和各地分会竞赛事工。可是，它的钱太少，而又不能把所有的那一点钱全数花费在某一件事情上。这样，它只能慎重的握着那一点钱，而像打游击战似的，非看准了情势，决不轻易调动人马。该作的事情真是太多了，而总会往往有心无力，想不出办法。这种困难情形，往往使会内的人劳而无功，白费了许多精神而无结果，同时也许使会外人莫名其妙，不知大家为什么那样忙得可笑。亢德兄，连你自己恐怕对我们也有点莫名其妙之感吧？

可惜，去年您未能到武汉来，今年您又说有意来渝，可也未能实现。假若您来过，与我们玩耍几天，我相信您必会得到个很不坏的印象。第一，您必能看清，会中是多么穷，会中的人是多么穷，可是穷得很有精神，天天有些事做。第二，您必会看出来，经过这一番穷干，实在有它的很大很好的影响：“文协”说，我们一致对外，好，报纸刊物上就不再见了文人相互攻击诟病的文字。“文协”说，我们的文章要下乡要入伍，好，对通俗文艺持怀疑态度的马上把否认变为善意的商讨，而另有一些人就在各地工作起来。“文协”说，某件事从会的立场看应如何作，好，大家便捐弃了自已的主张而服从会中的决定。假若您看到这些现象，您一定也会想到，“文协”的事业，虽然还没有好多，可是凭它在今日的气象与精神，它确是立下了异日事业发展的基础。它已经把有机会与它接触的同志们团结起来，而且关切着全国文艺界同人的工作与生活。在今天，会务差不多完全是在救亡图存的宗旨下活动着，还谈不到什么保障写家的利益，与写家谋什么便利。可是，今日的团结无疑的是可以照亮了明日的互助与合作的路途的。至于在救亡图存之下，大家决不肯为小小的一点意见不合而吵嘴，或为吃了点亏而颓丧，正是理之当然，用不着表白的。

您看，您屡次催我写稿子，我都未能马上办到，就是因了我宁肯少收入一点稿费而得先忙“文协”的事。我穷，我急需多收入一点钱，可是我不能专顾自已。先把“文协”的事办妥是每个文艺者的应有的态度，我自已也不甘居例外。“文协”已经存在——多么不容易——我愿它永久存在；“文协”已办了一些事，我愿它事业日新，永远峥嵘日上！请您原谅我未能时常供给您稿子，更希望您鼓励我，不以为我忙得毫无意义！

渝市遭狂炸，同人等都安好，虽物质上受了不少损失，可是大家都更兴奋，更坚决；也许因种种新来到的困难，会务更难推动，但大家决不怕，不慌，不逃！请您放心！假若您以为这封信可以发表，就请登入《宇宙风》也好。祝

吉！

老舍　五,十七

原载1939年7月1日《宇宙风》乙刊第9期。

致胡风[1]

一九三八年四月十六日

胡风兄：

示，谢！

尊体欠安，甚为系念！我近中亦患头晕，难以执笔；春天不是写文天，于此有证。

会务已渐展动：1 经费方面，中宣部已批准月助 500 元，其余尚待批下。2 会费亦在收集。3 通知会员理事各函，已先后发出。4 会刊[2]由蓬子负责筹画，期早刊行——三日刊。

为兵士写读物，事在必办。为此事拟召集座谈会，讨论讨论，再作计划书，好去求款。

---

① 胡风（1902—1985），原名张光人，文艺理论家、诗人、翻译家，当时是中华全国文艺界抗敌协会负责人之一。

② 指中华全国文艺界抗敌协会会刊《抗战文艺》。

您病好时，祈示下，以便约木天一谈，若一时不便出来，我即与木天先商议一下。适夷亦病。

达夫今晚到前方劳军（我会推盛君[①]代表，同郁[②]出发）所以必和您说说，虽明知您身体不大好。匆匆，祝

痊健！

弟舍躬

十六日

一九三八年十月十九日[③]

胡风兄：

接示极快！并谢！

初来此，无一是处，困难重重，几要自杀！到如今，诸事已略见光明，唯负责人太少，我太累耳。《抗战文艺》已出到十九期，此期且为鲁迅先生纪念特刊。纸缺稿少，发行无术，明日如何，不敢去问；尽今日之力为今日之事，或为上策。会所已千难万难找到。与青年团体合作，我助以文，彼报以跑路，在试验中。通俗文艺讲习会亦正在招生，与编刊社合作，讲些实际问题。对中宣部等亦多帮忙……凡此种种，十之八九须我跑路；幸蓬子能独挡一面。否则无法办

① 盛君，即盛成。

② 郁，即郁达夫。

③ 1938年10月19日，“文协”联合陪都25个文化团体，在重庆社交堂召开纪念鲁迅逝世两周年大会。会后写本信。

了！希望多来人——还得是闲人，有职业的有心无力，帮忙不易也。

事忙，文章写不出，成绩不佳，入款少（还是决不拿政府的钱），生活程度高，天气坏，……重庆之恶劣为未曾见！

来吧，人太少了！能作事者只有蓬子、平陵、孟克数人，而孟克又多病。罗荪已到。

刚由鲁迅先生逝世二周年纪念大会回来。邵先生[①]主席，台静农报告事迹，我演讲，甚是严肃，到千人以上。冰莹陈波儿献花圈，歌咏队导唱鲁迅歌……

写满了纸，即祝

康健！

弟舍躬

十九

一九五〇年八月九日

胡风兄：

接信，谢谢！

老没写信，因为太忙。近两月来，我是上午在家工作，乱造妖魔。下午到市“文联”办公——这是个相当重的包袱。市“文联”班底不大，可是办得还起劲；主要是我与亚平、端木、凤子等来搞。别处的会也多，但不都参加。

---

① 邵先生，即邵力子。

家全来了，小济已十七，高中二，小乙（男）已十五，高中一年，小雨十三，初中二年，小立已六岁，暑后入小学，非常顽皮。

腿还不好，据专家说，还得开刀！！！不过，也有好处。若不是腿坏，我早已被派出国参加这个那个大会。肉倒还没掉，还胖胖的。

信已交亚平兄，他也忙。

北京今年很热，雨也多；郊外许多地方已淹了。

大猫下了三只小猫，都很丑，但闹得甚欢。小立一天和它们捣乱。

希望您克服自己，多写点东西，我们都等着看读！见巴金兄问好。

致

敬！

弟舍躬

八·九

一九五〇年九月十五日

胡风兄：

接示即函愈之，要百分之十五的版税；不知有何效果。近来很忙，但忙不出“所以然”来，或者忙的结果总该如此的。现在来京正好，小白梨正漂亮，螃蟹也肥，喝两杯怪好！腿已由苏联医生诊治，现在服药，希望灵验。亚平闹气喘，不短来我家吃面食。克家的肺又出岔子；天翼也还没好。猛克来了几天，瘦且病。罗荪、舒群也来过，我家的饺子生意很好！家中大猫忽然中毒而亡，幸而留下一只小白的。匆匆，祝安！

弟舍躬 十五

致郁达夫[①]

一九三九年五月二十四日

达夫兄：

接示，甚谢！渝市狂炸。死伤近万，惨况空前，原因甚多，莫谈为是。“文协”会所无损失，同人等或受惊，或受损失，但无伤亡。蓬子因群众拥挤，致跌倒昏去，幸无大患。

近组织前线访问团[②]，已成功，六月初或可出发；礼锡为团长。之的副之，团员十五人皆年壮者，因旅途须吃些苦处，所以非壮莫办。路线是由襄樊而北，期限四月。

蓬子与我或参加另一慰劳团[③]，六月中旬可出发。

---

① 郁达夫（1896—1945），中国现代作家。当时在新加坡从事救亡宣传活动。本信发表时题为《“文协”通讯》。

② 指1939年4月“文协”召开第二届第一次常务理事会，决定组织作家战地访问团。

③ 指由老舍先生代表“文协”参加全国慰劳总会组织的北路慰劳团，1939年6月出发前往西北等地慰问抗战将士。蓬子未去。

重庆三次大炸，损失虽大，但无害于抗战。不过，天一晴则铺户暂停营业，诸多不便。故甚愿大家到各处去采访些材料，并作宣传工作，胜于在此日躲飞机，无事可作。

留此者为伯奇，罗荪，乃超等，恐怕要向他们拉稿了。预备走的廿来人，大概都得到秋间归来，才能给你稿子。如函伯奇等，祈投重庆信箱二三五号——“文协”的信箱，罗荪又在邮局，比寄他处都可靠。

为“文协”募款，极谢！“文协”此后在何处办公，很难说。会所还是老地方，可是谁敢说能存到几时。我看，捐款不如暂存兄处，等到秋雾来到，空袭停止，再函请汇寄，好不好?

再：会刊拟出英文版，由香港分会主持，现在还没有钱；假若理事会决定，以兄所募之款，寄交分会办理英文版事，亦当再函我兄商议，请你听我的信。

昨寄去“文协”广告一纸，祈代登《星洲日报》，甚谢。匆覆，祝吉安

弟舍上 五，廿四

原载1939年6月10日新加坡《星洲日报·晨星》。

一九四〇年一月二十日

达夫兄：

去年年底的信，今天收到，走了二十一天。

募汇之款，收条遵嘱附奉[①]，朋友们都向你致谢！并祈继续努力！会中经费近来大窘，约略言之：会所一切开支在我监视下，虽物价高涨数倍，仍不许超出二百元一月，梅林亦极忠谨，连笔都舍不得买。会刊因送会员及补助经费机关，（中宣部[②]就是五百份，不给不行），每月须赔五、六百元，成都及桂林分会须每月需款各一百元。香港所出的外文会报，因载有某亲汪嫌疑的作品，受外间指责，我已函征香港同人改善意见，尚无回信。若是继续出，仍须每月三百元，是则每月收入之千二百元补助已不够用，赖以前诸事俭省，致未塌台，现在可糟了，政治部[③]的月费五百元已欠发十个月，催也白费力，不催则连盼望亦无，月入七百，而有千多元的事情，怎办呢？

会员们穷的不得了，物价猛涨，而稿费无增，大家争为小文，以求三五元收入吃饭，稍大的文章，即无法写，文艺的损失甚巨，而会中无法补助，近拟演戏募捐，能否实现，

---

① 郁达夫在新加坡得知“文协”经费困难，于1939年3月、7月发起募捐活动，前后所得的捐款1300元，分三次汇出。老舍先生于1940年1月22日出具收据：“今收到郁达夫汇交‘文协’捐款一千三百元整，舒舍予。”

② 指国民党中央宣传部。

③ 指国民政府军事委员会下属的政治部。“文协”的经费每月由政治部拨给。

在不可知。

一肚子委屈，但求日夜穷忙，决不以泪洗面！抗战胜利，我们必聚到一处，作些自己能吃饭、对社会亦有些益处的事；闲了喝几杯，相对骂骂街，发发怨气。在渝的朋友们都时时念及你，定不会把你抛在南洋，你不愿回来，我们会拉你回来！

劳军归来[①]，即大忙碌，现在正与之的合写剧本[②]，系受回教协会之托，我根本不懂戏剧，但什么也要试试。他们作教授的可以骂我野狐禅，“老”不正经。我却不管那一套，我只知道努力就有进步。我的《残雾》上演大红，把教授们的鼻子都气歪了，那剧本根本要不得，可是谁教他们懒惰不写呢？达夫兄，我们四十多岁的人，一点也不比他们年轻的气弱，专凭我们这股热烈劲儿，正直劲儿，就使他们无法不尊敬。我希望我们的这股热情永不稍减，一直到进了土为止。

蓬子住在会中，一天穷忙，他与我差不多是会中的总打杂。好了，忙，不多写。祝

吉

弟舍启

一，廿

原载1940年2月21日新加坡《星洲日报》。

---

① 指老舍先生参加北路慰问团历时半年途经西北数省于1939年12月返回重庆。

② 指与宋之的合写的话剧《国家至上》。

一九四〇年五月十五日[①]

达夫兄：

接到信及汇票，都交与了梅林，他当然会照办一切。

说到那“寄慰达夫”[②]倒是我的发动。大家喝酒，我想起了你来。即动手写了那么一张，也由我寄发。“都问你好”也是我写的。你猜错了。真的，我们都想念你；每有聚会即念道“达夫在这儿够多么好呢！”文艺界协会的晚会还照常开会，而且越来越好——认真的讨论问题，不客气的互相批评作品，谁也不脸红闹气。诗歌晚会成绩最佳，大家确信新诗能朗读，也就设法使之如此；写成，便当众诵读，极有趣味。你知道吗？我也正在写诗，而且要写一万行。现在已得一千五百行，大概今年年底可写完，写得好坏，我不敢说，只知道念出来很好听。每天多则三四十行，少则一二十行。诗难才短，自然求快不得。但已下决心，非写完不拉倒。

我也敢写剧本了，和之的合作的《国家至上》，演出颇能叫座。等长诗写到相当的段落，还想写个剧本，入秋给“文协”上演，若能得点钱给会里也不错。

说起来真教热闹：在三四两月中，童泯的《黑暗的笑

① 本信发表时题为《国内文人的团结》。

② 1940年3月20日，时任国民政府立法委员的王昆仑在重庆宴请中苏作家，席间老舍先生提议即席写联句《寄慰达夫》，诗由四位作家每人一句联成：“莫道流离苦（老舍），天涯一客孤（郭沫若）。举杯祝远道（王昆仑），万里四行书（施谊）。”诗笺上，老舍先生还题“都问你好！”

声》，翰笙的《塞上风云》，余上沅先生的《从军乐》，顾一樵先生的《岳飞》，家宝的《蜕变》，我们的《国家至上》，还有旧戏重排的《黑地狱》与《软体动物》，都紧接着演出。真是戏剧大比赛呀！看话剧的人确是比从前加多了，好现象。不过，剧场里的秩序还是乱七八糟。关于剧本与导演，因了向旧剧争取观众，也往往要些噱头，以迎合台下的低级趣味，这都该矫正！

“文协”现在有八个分会了——成都，昆明，贵阳，桂林，曲江，香港，襄樊，延安。此外，连晋西南，绥远，榆林，兰州，也都与总会取得联络。国内的文人确是团结得不错，值得我们高兴。我因生活太苦，本拟去教书，可是朋友们不许我走，自己心中呢也真舍不得“文协”，于是就仍留在这里，过着蛤蟆垫桌腿的生活！现在，我是硬放了自己的假，来到乡间赶写长诗；有蓬子与梅林经常在会所。我想不会耽误了甚么事。因避免空袭的危险，在南泉又租了几间房。舒群与萧军诸位都住在那里，我不久也想去看看他们。

我确信，能团结才能抗战。若为了自己的私利微名而攻击别人，破坏团结，是以不妥协为名，而实与汉奸同一心理；汉奸固亦以不合作为口号也。国内文人除了极少数的抱此心理而投降敌伪，大家真是协力同心的从事抗战宣传工作；因此，我自己虽无任何才干，仍愿为“文协”尽力。我希望海外各地的文人也都能这样，把私心与疑心去掉，不说别的，只谋抗日！假若今日说东，明日说西，早上疑神，晚上疑鬼，必至一事无成，而根本耽误了抗日！认清了敌人，消灭敌人，别的都是多事！此种多事，正是敌人所喜，心志力量不集中，敌人正好乘虚而入也！是不是，达夫兄？

侨胞们给“文协”捐款，全体会员莫不感激，我说上面一段话，也正是因为感激侨胞，而深恐侨胞中的文艺青年因远离祖国，未亲见敌人的残暴，以致看错了目标，乱放无的之矢，减少了抗敌力量！假若你看着合适，就把此函发表了吧。

王莹女士如仍在贵处，祈代问好！

祝

吉！

老 舍

五·十五

原载1940年6月19日新加坡《星洲日报·晨星》。

集文艺界人名联句

（一）

也频徐仲年，火雪明田间。
大雨冼星海，长虹穆木天。
佩弦卢霁野，振铎欧阳山。
王语今空了，绀弩黄药眠。

（二）

望道郭源新，卢焚苏雪林。
烽白朗霁野，山草明霞村。
梅雨周而复，蒲风叶以群。
素园陈瘦竹，老舍谢冰心。

原载吴组缃《老舍幽默文集·序》，湖南人民出版社1983年版。

吴组缃《序》云："在重庆最无聊的是空袭中躲防空洞的时候。

常常进了洞就出不来，久久闷坐着，无以自遣。后来我们就拿文艺界的人名拼凑诗句。”“这种人名诗，老舍不认为只是无聊消遣，说这也体现着文艺界大团结，彼此不存畛域的意思。”

赠涤非词人

词客天南去，碧鸡金马间；
山光十日酒，渔唱一溪烟。
春雨花开落，秋云梦往还；
此中多妙趣，回首几千年！

一九四一年

本篇据手迹收入。萧涤非（1906—1991），江西临川人，著名学者，毕生研究古典文学。

赠太虚法师

大雨冼星海，
长虹万籁天，
冰莹成舍我，
碧野林风眠。

三十年四月（民国），集当代艺术家笔名成小诗。写奉太虚法师教正。

引自叶德《老舍与佛教二三事》，原载 1984 年《法音》第 1 期。

太虚法师（1889—1947），浙江崇德人，现代高僧。

致××兄（乡居杂记）

一九四二年六月二十九日

××兄：

读手教，承问动静，甚感！身所至，心即安之，乡居渐惯，微怯城中繁闹矣，遂任闲散。阅报，知城中文友尚时时相聚，切磋文学，心为之动，而户外竹影鹃声，若有不忍相违者，乃罢返城之计。久许冰心、文藻兄登山奉访，疏懒至今，犹未践诺，昨为小诗致歉，亦喜赐阅否？

“中年喜到故人家，挥汗频频索好茶！且共儿童争饼饵，暂忘兵火贵桑麻；酒多即醉临窗卧，诗短偏邀逐句夸；欲去还留伤小别，门前指点月钩斜！”

此地茅屋低仄，而前后皆窗，竹林掩覆，略不苦暑。屋后小院，种南瓜数蔓，好雨时来，瓜垂垂若盘大矣。院后，佃户一家，颇具鸡犬；水牛犊一，院外食草，时侧首定目视人，若有情者；偶尔低鸣，声悲涩，不类黄牛。屋前，巨石作坝，为晒谷之用，略如北方场院；围以短篱，皆扶豆蔓。篱外田水丰足，稻秧深绿，青蛙日夕作歌，行腔微嫌单调尔！

茅舍距组缃兄宅约七里，循田径行，小溪曲折，翠竹护岸，时呈幽趣，白鹤满林，即近友家矣。星期日，往往相访，日暮始别，以尽谈兴。近中组缃兄治文亦勤，《鸭嘴涝》后，又成短篇，约两万言。吴嫂持家至勤苦，小花猪而外，更饲鸡鸭，弟已食其两鸡一鸭矣！端午大雨，组缃兄邀饮，携伞远征。么娃小江，著新鞋来往，即跌泥中。诗纪二事：

“端午偏逢风雨狂，村童仍著旧衣裳。相邀情重携蓑笠，敢为泥深恋草堂？有客同心当骨肉，无钱买酒卖文章！前年此会鱼三尺，不似今朝豆味香！”

“小江脚短泥三尺，初试新鞋来去忙；迎客门前叱小犬，学农室内种高粱；偷尝糖果佯观壁，偶发文思乱画墙！可惜阶苔著雨滑，仰天蹶倒满身浆！”

以四月二十五日抵此，《归去来兮》前四幕在修改中，第五幕待写。乡间清静，文率加速，五月初，即竟全稿。每日早五时即起，作太极拳片刻。七时早餐，以鸡蛋代肉，佐以面疙瘩菜叶汤，草草饱腹。饭后净拭几案，洗砚泡茶；约在八时，开始写作矣。尽十行纸四五张，在千字左右，停止工作；二年来，贫血症屡发，不敢多劳。午饭后，睡半小时；醒来，读诗答信而已。晚餐后，缓缓行千步；归来，烧土蚊香驱蚊近窗，聚而歼之，引以为快；残暴喜杀，或人之本性耶？佛法戒杀，实和平之本，于此悟之！

星期日休息，无雨，辄去赶场。距青木关场十里，土主场十二里，虎溪场八里，均步行往返。汗出如浆，不以为苦。场上瓜与豆最为悦目；鸡鸭雏亦娇美可爱，间有售小猫小狗者，须亦数十元一头矣！

五月七日，开始草剧稿《谁先到了重庆》。二十七日写成，才二十日耳。《归去来兮》及此，事前皆熟思之，故能速成。唯成稿与最初设计，总嫌相距甚远。心之所及，笔难尽达；心若飞行，云山俱可无阻；笔落纸上，如登蜀道，处处障碍，文艺非易言也！

六月，休息两周，十六日，拟《王老虎》故事，备作五幕话剧之用。日来，已成一幕，何时脱稿，尚不可知。

近中颇厌杂文，约稿者多婉拒之。盖文短而无精旨，则泛泛无可观；精心为之，又耗费时间；未若专一写剧本，幸能成篇，略足自慰！今夏希得剧四本，入秋或有买酒钱矣！

承嘱报近况，两月来生活略如所述，未知可作短稿用否？天暑，千万为公珍重！敬祝

著祺！

弟舍启 六月二十九日，陈家桥石板场

原载 1942 年 7 月 7 日重庆《大公报·战线》。本信发表时题为《乡居杂记》。

致梁实秋

一九四二年暑天

实秋兄：

北碚别后，想已康复健饭；天暑，千万珍重！在碚，友众酒香，返乡顿觉寂苦——此间唯鼠跳蛙鸣，略有声有色耳！工作之余，以旧诗遣闷，已成数律。笔墨游戏，不计工拙，录呈乞政，或足当“清补”剂也。

祝

吉！

业雅先生祈代候！

弟舍启

久许文藻、冰心兄登山奉访，懒散至今，犹未践诺，诗以致歉：

中年喜到故人家，挥汗频频索好茶！

且共儿童争饼饵，暂忘兵火贵桑麻；
酒多即醉临窗卧，诗短偏邀逐句夸；
欲去还留伤小别，门前指点月钩斜！

端午大雨，组缃兄邀饮：

端午偏逢风雨狂，村童仍著旧衣裳。
相邀情重携蓑笠，敢为泥深恋草堂？
有客同心当骨肉，无钱买酒卖文章！
前年此会鱼三尺，不似今朝豆味香！

节日大雨，小江（组缃男孩）着新鞋来往，即跌泥中：

小江脚短泥三尺，初试新鞋来去忙；
迎客门前叱小犬，学农室内种高粱；
偷尝糖果佯观壁，偶发文思乱画墙！
可惜阶苔著雨滑，仰天蹭倒满身浆！

村居：

茅屋风来夏似秋，日长竹影引清幽。
山前林木层层隐，雨后溪沟处处流。
偶得新诗书细字，每赊村酒润闲愁；
中年喜静非全懒，坐待鹃声午夜收！

半老无官诚快事，文章为命酒为魂！
深情每祝花长好，浅醉唯知诗至尊。

送雨风来吟柳岸，借书人去掩柴门。

庄生蝴蝶原游戏，茅屋孤灯照梦痕！

中年：

中年无望返青春，且作江湖流浪人！

贫未亏心眉不锁，钱多买酒友相亲；

文惊俗子千铢贵，诗写闲情半日新；

若许太平鱼米贱，乾坤为宅竹为邻！

原载梁实秋《忆老舍》，收于《看云集》，香港文艺书屋 1974 年版。

致友人书

一九四四年五月二十日

××兄：

谢谢信。《蛤》集能在内地重印，甚谢！家小年前来渝，小儿女皆“当吃不让”，食量过其父，而米面之贵，又似乎故意与拿笔杆的开玩笑，故不能不设法把旧作品整理一下，盼能多些收入也。商务的三本，均已重印，销路尚好；月间收入仅数千元，而支出必须过万，三书若能得些版税，或不至全盘垮台耳。

年前割治盲肠，经过尚称良好，入冬即已略略能写作矣。不幸，旧历年后，胃疾大发，日夜水泻，似“鲁尔区”的大闸之被炸毁。消化机器既坏，贫血症乃又乘机而动，头又昏起来，工作全停。从在医院治盲肠时，医生即严嘱戒酒，故在过年的时候也滴酒未尝。酒已戒，而胃肠病仍起，真是命该如此！半年未动酒了，见着它便有“口中淡出鸟来”之感，但为了健康，总未敢破戒。前年偶得“文章为命酒为魂”之句，现在应加以修正了。戒了酒身上应是舒服了好多，但不饮则不豪，仿佛失去了生命的爆炸弹似的。

三月下旬去渝，住了整一个月，数月未入城，曾屡函“文协”应允辞去理事之职，以免重误。可是，朋友不许我辞，反而屡促入城，调整会务。三月二十七日是“文协”的成立六周年纪念，故于二十二日入城，筹开大会。大家决定在四月十六日开会，说是多有几天的工夫，好从容布置。大会开得很好。文协近二年来，无一日不闹穷，故事情做得很少。此次年会，蒙政府各机关给予补助，和会员们都掏了腰包，除开支外，还余下几个钱，以后的工作或者可以好一些了。现在，大家正发动为贫病文友筹募援救基金。假若我们能得到几十万元，专做援助贫病文友之用，或者可以救活几个人，而减少文艺界人力的损失。

文协年会的次日，大家给我庆祝习作二十年。事前，我曾力辞，因为我知道我并未写作出过什么值得夸赞的作品来。不过，大家一定要热闹一次，我没法拦住。在会场上，大家叫我说话的时候，我的泪堵住了我的喉咙。大家实在是过分的抬爱我。而我并没能在文艺上有何建树啊！事后，我觉得应当这么说：我的文章并无足取，使我骄傲的倒是能有这么多的朋友！假若友谊是生命的共鸣与共荣，我觉得二十年的苦干且不管成绩如何，并不是没有报酬的！

关于去蓉的话是有这么一段历史的：去年，我听说家小要由平来渝，我就打算到蓉去接他们。一来，他们可以省走一千里；二来，家住成都比住在重庆舒服一点。那时候，恰燕大的梅校长因公来渝，他说，“你来教几点钟书，我替你找房住。”我接受了这个建议，因为我晓得找房子住是比我几堂课更难的。可是，家眷来渝的时候我正在医院里躺着呢。肠虽已不盲，腹上可有一个洞呢！况且，他们根本没有路过成都，而是由宝鸡直达重庆的。我曾函告他们，既未到成都，那就不须再多此一举地折回去了。于是，我们便住在了北碚。梅校长曾屡次约我去蓉，我可是不易离碚，身体老不甚好，家中又只有我这么一个年岁大一点的男人；我若离家，他们就会不放心我的身体，而我也疑心他们的安全。再说，我的全部图书全在济南被敌人抢去，教书而无书，怎么教呢？只好等机会吧。假若朋友们有便车，就把我装到成都去，我想我应当义务地去给燕大讲点创作的经验什么的，以赎失信之罪。

你嘱我写的稿，我一时交不了卷。今春，朋友们给我庆贺习作二十年，我总觉得有点“虚张声势”，因为我没有写出过好的作品来。因此，为酬答友人们奖励的厚意，我决定写一篇长约数十万至百万字的小说，一来稍减虚张声势之罪，二来可以专心一志干活不再像前二年那样的东一耙西一耙地乱抓，而抓不到什么像样子的东西。再说，自从抗战以来，我只写过几篇不大像话的小说，现在也该破些工夫打算起码花费二年的时间好好地写一部比较有分量的东西了。剧本和诗什么的我都学习过了，成绩都不很好。朋友和我自己都以为我还是长于写小说，所以我这次决定写个长篇小说，而把剧本什么的暂时搁在一旁。

这篇长小说是以北平为背景，由七七抗战起写到抗战的第六年。每次我写小说，差不多总是以一两个人为主角，以免贪多嚼不烂。这次我将以一条巷子里的七个院子的人为主角，大概至少也得有四五十人，有老有少，有男有女，有老诗人，中年的画家，中学教员，拉车的，剃头的，摆台的，棚匠，票友，歌女，小汉奸女流氓，老寡妇，巡警……这是个大胆的尝试！如何安置这些人，连我自己也不十分晓得！现在我已写了十万字，而人物还没有介绍出二分之一呢。不过，不管怎样，我决定写下去。大概写到四十万字，我方能晓得它是“要得”还是“要不得”。假若“要不得”呢，我就把它扔掉，决不落半个泪！万一有可取之处呢，我就继续写下去，希望能在明年年底写完。玩艺儿是假的，工夫是真的，若真能写成一百万字，即使是浪费笔墨，也浪费得勇敢啊！每天，我只求能写出一千五百个字来，其余的时间是用以“思前想后”。短篇小说及杂文，似应一律停写，以免盆砸啦，罐儿也打了，两败俱伤。匆匆祝吉！

弟舍上 五·廿 北碚

原载1944年6月18日《华西日报·每周文艺（29）》。

致 ×× 兄

一九三八年二月十五日

×× 兄：

大示收到，慨极！邮递迟滞，虽相隔仅千里，如居异国；计自发函至收读，已一月另三日矣！一向不暇作长函，这遭却须破些工夫；信既蜗行，再不多写一点，则我似不诚，兄必失望。

卢沟桥事变初起，我仍在青岛，正赶写《病夫》——《宇宙风》特约长篇，议定于九月中刊露。街巷中喊卖号外，自午及夜半，而所载电讯，仅三言两语，至为恼人！一闻呼唤，小儿女争来扯手："爸！号外！"平均每日写两千字，每因买号外打断思路。至七月十五日，号外不可再见，往往步行七八里，遍索卖报童子而无所得；日侨尚在青，疑市府已禁号外，免生是非。日人报纸则号外频发，且于铺户外揭贴，加以朱圈；消息均不利于我方。我弱彼强，处处惭忍，有如是者！

老母尚在北平，久无信示；内人又病，心绪极劣。时在青朋友纷纷送眷属至远方，每来辞行，必嘱早作离青之计；盖一旦有事，则敌舰定封锁海口，我方必拆毁胶济路，青岛成死地矣。家在故乡，已无可归，内人身重，又难行旅，乃力自镇定，以写作摈扰，文字之劣，在意料中。自十五至廿五，天热，消息沉闷，每深夜至友家听广播，全无收获。归来，海寂天空，但闻远处犬吠，辄不成寐。

廿六日又有号外，廊坊有战事，友朋来辞行者倍于前。写文过苦，乃强读杂书。廿八号外，收复廊坊与丰台，不敢深信，但当随众欢笑。廿九日消息恶转，号外又停。卅一日送内人入医院。在家看管儿女；客来数起，均谓大难将临。是日仍勉强写二千字给《民众日报》。

八月一日得小女，大小俱平安。久旱，饮水每断，忽得大雨，即以“雨”名女——原拟名“乱”，妻嫌过于现实。电平报告老人；复访友人，告以妻小无恙；夜间又写千字。次日，携儿女往视妈妈与小妹，路过旅行社，购车票者列阵，约数百人。四日，李白入京，良乡有战事；此地大风，海水激卷，马路成河。乘帆船逃难者，多沉溺。每午，待儿女睡去，即往医院探视；街上卖布小贩已绝，车马群趋码头与车站；偶遇迁逃友人，匆匆数语即别，至为难堪。九日，《民众日报》停刊，末一号仍载有我小文一篇。王剑三以七号携眷去沪，臧克家、杨枫、孟超诸友，亦均有南下之意。我无法走。十一日，妻出院，实之自沪来电，促南下。商之内人，她决定不动。以常识判断，青岛日人产业值数万万，必不敢立时暴动，我方军队虽少，破坏计划则早已筹妥。是家小尚可暂留，俟雨满月后再定去向，至于我自己，市中报纸既已停刊，我无用武之地，救亡工作复无详妥计划，亦无人参加，不如南下，或能有些用处。遂收拾书籍，藏于他处，即电亢德，准备南下。十二日，已去托友买船票，得亢德复电："沪紧缓来"，南去之计既不能行，乃决去济南。前月已与齐大约定，秋初开学，任国文系课两门，故决先去，以便在校内找房，再接家小。别时，小女啼泣甚悲，妻亦落泪。十三早到济，沪战发。心极不安：沪战突然爆发，青岛或亦难免风波，家中无男人，若遭遇事变……

果然，十四日敌陆战队上岸。急电至友，送眷来济。妻小以十五日晨来，车上至为拥挤。下车后，大雨；妻疲极，急送入医院。复冒雨送儿女至敬环处暂住。小儿频呼"回家"，甚惨。大雨连日，小女受凉亦病，送入小儿科。自此，每日赴医院分看妻女，而后到友宅看小儿，焦急万状。《病夫》已有七万字，无法续写，复以题旨距目前情形过远，即决放弃。

十日间，雨愈下愈大。行李未到，家具全无，日行泥水中，买置应用物品。自青来济者日多，友朋相见，只有惨笑。留济者找房甚难，迁逃者匆匆上路，忙乱中无一是处，真如恶梦。

廿八日，妻女出院，觅小房，暂成家。复电在青至友，托送器物。七月事变，济南居民迁走甚多，至此又渐热闹，物价亦涨。家小既团圆，我始得匀出工夫，看访故人；多数友人已将妻女送往乡间，家家有男无女，颇有谈笑，但欠自然。沪战激烈，我的稿费停止，搬家买物看病雇车等又费去三百元，遂决定不再迁动。深盼学校能开课，有些事作，免生闲愁，果能如此，还足以傲友辈也。

学校于九月十五日开课，学生到及半数。十六日大同失陷；十九日中秋节，街上生意不多，几不见提筐肩盒送礼者。《小实报》在济复刊，约写稿。平津流亡员生渐多来此，或办刊物，或筹救亡工作，我又忙起来。廿一日，敌机过市空，投一弹，伤数人，群感不安。此后时有警报。廿五六日，伤兵过济者极多，无衣无食无药物，省政府似不甚热心照料。到站慰劳与看护者均是学界中人。卅日，敌军入鲁境，学生有请假回家者。时中央派大员来指挥，军事应有好转，但本省军事长官嫌客军在鲁，设法避战，战事遂告失利。德州危，学校停课。师生相继迁逃，市民亦多东去，来自胶东者又复搬回，车上拥挤，全无秩序。我决不走。远行无力，近迁无益，不如死守济南，几每日有空袭警报，仍不断写作。笔为我唯一武器，不忍藏起。

入十月，我方不反攻，敌军不再进，至为沉闷。校内寂无人，猫狗被弃，群来啼饥。秋高气爽，树渐有红叶，正是读书时候，而校园中全无青年笑语声矣。每日小女助母折纱布揉棉球，备救护伤兵之用，小儿高呼到街上买木枪，好打飞机，我低首构思，全室有紧张之象。流亡者日增，时来贷金求衣，量力购助，不忍拒绝。写文之外，多读传记及小说，并录佳句于册。十四日，市保安队枪械被收缴，市面不安，但无暴动。青年学子，爱国心切，时约赴会讨论工作计划。但政府多虑，不准活动，相对悲叹。下半月，各线失利，而济市沉寂如常，虽仍未停写作，亦难自信果有何用处矣。

十一月中，敌南侵，我方退守黄河。友人力劝出走，以免白白牺牲，故南来。到汉口已两月余，还是日日拿笔。对政治军事，毫无所知，勉强写些文字，自觉空洞无物。可是，舍此别无可为，闲着当更难堪。无力无钱，只好有笔的出笔，聊以自慰。

家小尚在济，城陷后无音信。所以不能同来者：

一、车极难上，沿途且有轰炸之险。

二、儿女辈俱幼弱，天气复渐寒，遇险或受病，同是危难。

三、存款无多，仅足略购柴米，用之行旅，则成难民。版税稿费俱绝，找事非易，有出无入，何以支持？独逃可仅顾三餐，同来则无法尽避饥寒。

有此数因，故妻决留守，在济多友，亦愿为照料。不过，说着容易，实行则难；于心有所不忍，遂迟迟不敢行。及至事急，妻劝速行，盖我在家非但无益，且或累及家小。匆匆收拾衣物，儿女辈频牵衣问父何去何归，妻极勇敢，代答以父明日即来。时已入夜，天有薄云，灯下作别，难道一语！前得短诗，略记此景：

弱女痴儿不解哀，牵衣问父去何来。语因伤别潜成泪，血若停流定是灰！已见乡关沦水火，更堪江海逐风雷？徘徊未忍道珍重，暮雁声低切切催！

信已太长，犹未尽意，一俟家信到此，当再叙陈。祝吉！

原载1938年2月15日《创导》第2卷第7期。本信发表时题为《南来以前（一封信）》。

赠田仲济

乱年渐气短，有米胜无诗，
卖剑沽郫酒，听蝉望柳枝。
斜阳人影瘦，晓雾鸟声迟。
静里有真趣，神清月上时。

乙酉秋初写旧诗一首，仲济作家仁兄两正。

本篇作于1945年秋初，据手迹收入。田仲济（1907—2002），山东潍坊人，作家、现代文学研究专家。

在傅抱石赠赵清阁《红梅扁舟图》册页上题诗

风雨八年晦，
霜江万叶明，
扁舟载酒去，
河山无限情。

原载赵清阁《行云散记》，百花文艺出版社 1983 年版。

本篇作于 1945 年 10 月 23 日。傅抱石（1904—1965），生于江西南昌，祖籍江西新余，现代画家、美术教育家。赵清阁（1914—1999），河南信阳人，现代女作家。

致何容[1]

一九四八年二月二十七日

子祥兄：

谢谢信！

在此第一年，旅行了七八个月，匆匆的就那么过去了。可看到的省份很少，所看到的东西毫无系统，只感到疲乏而已。因此，没有给国内报纸写一个字。

第二年，专心写作。可是，每天一打开报纸，就什么也干不下去了。“四世”三部至今还未写完。寂寞，饭食不可口，还有多多少少小的扭别，结果是体重未增，头昏如故。

今年三月应回国（护照的关系），可是……问题之大，如寻自尽时之不易决定。美国不高兴留外国人在这里（新颁法令，限制极严），我不肯去强求允许延期回国，但是回去吧，又怎样呢？

---

① 何容（1903—1990），原名何兆熊，字子祥，当时在台湾《国语日报》社工作。

英国又约我去回“母校”（伦敦大学东方学院）教书，也不易决定去否。英国生活极苦，我怕身体吃不消。但社会秩序也许比国内好。一切都不易决定，茫茫如丧家之犬！

与莘田倒还不短见面，他本可再留此一年，也因移民局捣乱，乃决定夏天回国。此处中国人真多，谁都不敢久留，谁也又不高兴回去。见面没别的，只相对叹气而已。

在此除了天天磨“四世”，别无所得。头昏，不敢多读书。接触的人也很少。无识的美人，谈不到一处；有识之士，我又不肯去拜门求见。

不知如是何好，不知……整个世界仿佛都到了末日。

《离婚》已草草译完，本又可畅销，而曲折万千，至今不能出版，白受了累，只赚了一肚子气，如是而已！

始终懒得写信，就因为除了气闷，别无可说，故不如不说！

看吧，假若移民局不肯留我，也许一咬牙上英国。国内虽乱，但在国外的总是想回去，好像国乱也好似的，故须“咬牙”也。

匆复，祝

吉！

弟舍躬

118号，83西街，24大道，纽约

1948.2.27

原载《老舍》（画册），北京燕山出版社1997年版。

致赵清阁

一九五五年四月二十五日[1]

珊[2]：

快到你的寿日了，我祝你健康，快活！

许久无信，或系故意不写。我猜：也许是为我那篇小文的缘故。我也猜得出，你愿我忘了此事，全心去服务。你总是为别人想，连通信的一点权益也愿牺牲。这就是你，自己甘于吃亏，绝不拖住别人！我感谢你的深厚友谊！不管你吧，我到时候即写信给你，但不再乱说，你若以为这样做可

① 此信开头的称谓和结尾的署名，赵清阁先生抄录时改成“清弟”和“舍”，现据原信改回。据赵清阁先生说，“珊”和“克”是她据英国小说家勃朗特的《呼啸山庄》改编的剧本《此恨绵绵》中的两位主人公安苡珊和安克夫的简称，20世纪40年代至50年代，她和老舍先生在通信中常以此相互称呼。

② 老舍先生在这封致赵清阁的信中，称赵为“珊”，自己为“克”。

以，就请也暇中写几行来，好吧？我忙极，腿又很坏。匆匆，

祝

长寿！

克

一九五五年四月二十五日

果来信，不必辩论什么，告诉我些工作上的事吧，我极盼知道！

一九五六年十月二十日

清弟：

我已回京月余，因头仍发晕，故未写信。已服汤药十多剂，现改服丸药（自己配的，不是成药），头部略觉轻松。这几天又忙，外宾甚多，招待不清。

家璧来，带来茶叶，谢谢你。

昨见广平[①]同志，她说你精神略好，只是仍很消瘦，她十分关切你，并言设法改进一切。我也告诉她，你非常感谢她的温情与友谊。

你的剧本怎样了？念念！

马上须去开会，不多写。

北京市文联已迁至：北京西长安街三号。

① 广平，即许广平，当时任全国人大常委会副委员长。

祝健！

舍

一九五六年十月二十日

一九五七年二月七日

清弟：

近日想念甚切，因王莹由南返京，说在沪没见到你。我甚不放心，也不敢写信，怕你或在积极学习中。昨得函，始悉你又病了。我前日给家璧函，提到我的关心，叫他去看你。切盼你病况急速好转，好多服务。

谢谢你提的意见。“上甘岭”是一时疏忽，早已改正，改为东线，因那里时时下大雪，正合李[1]所言也。

“反特”未能突出，因系讽刺剧。反动分子未能写好，因材料多，不易概括。详细写他，即不易讽刺；顾了讽刺，而不能多写他。况且，还给正面人物留出三幕三场戏。顾此失彼，技术不高。

“活报”不正确。戏虽没写好，但是新尝试，此种戏尚无前例。对干部们的讽刺不够，正因为它是新喜剧——与古典讽刺文学不同。古人可否定一切，故讽刺深入。我们不能

① 李，指李万铭（1927—1991），诈骗犯，1955年被捕，被判15年有期徒刑。老舍先生根据此案创作了话剧《西望长安》。剧中骗子栗晚成的原型即李万铭。

那样办。我们必须讽刺坏的那一部分，而不能全盘否定，以至使人有反对或怀疑我们的社会制度的感染，那不行。此剧极难写，但给创作上开辟了一条道路，它也许像一“活报”，但是一种新的“活报”。

栗到中南海受训，而又做了官，剧中已交待清楚。

忙，不多写。盼你新春快乐！祝你健康！

舍上

一九五七年二月七日

已见抱石，他身体很好。

一九六四年十一月十八日

清阁：

昨得家璧兄函，知病势有发展，极感不安，千祈静养，不要着急，不要苦闷。治病须打起精神去治，心中放不下，虽有好药亦失效用！练练气功，这能养气养心，所以能治病！韫如[①]等赴沪演出二月，已动身矣。前者，舒绣纹[②]在

① 韫如，即北京人民艺术剧院著名演员赵韫如。

② 舒绣纹，即北京人民艺术剧院著名演员舒绣文。

沪时，曾有名医为她诊治。她亦将赴沪，请向她打听。我回京即大忙，精神亦不够用！匆匆，祝吉！致敬！

舍

一九六四年十一月十八日

原载赵清阁编《沧海往事》，上海文艺出版社 2006 年版。

为胡絜青《桃花游鱼图》题诗[①]

细雨江南客欲归
桃花流水小鱼肥
莫怜晴日无聊赖
绿柳青天白鹭飞

絜青画，老舍题句。

① 本篇作于1960年前后，据手迹收入。胡絜青（1905—2001），北京人，书画家，老舍先生的夫人。

赠钱锺书[①]

梅花傲对雪花开，
放眼山川无点埃，
此景此情应小醉，
诗人恰寄宋诗来。

新年喜雪复得。

锺书同志赠所著《宋诗选注》狂喜此书致谢未计工拙并祝新年愉快。

一九六四年元月五日 老舍

引自林以亮《老舍的一首诗》。

---

① 钱锺书（1910—1998），江苏无锡人，著名学者、作家。

赠王莹[1]

小住佳园百病除，
西山爽气入蓬庐。
风香云暖松荫外，
细读人间革命书。

一九六六年春

① 王莹（1913—1974），女，安徽芜湖人，演员、作家。

编后记

2019年，将迎来老舍先生诞辰120周年。

老舍先生是著名的现代作家，也是不朽的“人民艺术家”。尽管老舍先生去世已经50多年了，但他似乎一直没有离去——因为阅读老舍、研究老舍，仍然是数十年来持续不衰、备受关注的文化热点。

笔者从1978年开始搜集资料，研究老舍。从《老舍年谱》到《老舍资料考释》，再到《〈老舍全集〉补正》《老舍论集》等著作，笔者与老舍研究结下了不解之缘，至今也整整40年了。在严谨考证、探讨论述、历史还原之余，让更多的大众读者阅读老舍、走近老舍，也是老舍研究者义不容辞的责任。

编选一套老舍文集，特别是分门别类的散文精选集，是我们十多年前拟定的一个编辑出版计划。从原初构想的十卷系列，到最终落实的便是这套凝练精选的四册小书，我们简明地称它为——“老舍四书”。人生如四季，笔墨写春秋，“老舍四书”从一个侧面呈现着作家舒庆春的舍予春秋，记录着他的生命踪迹、文学造诣和一个时代的世事悲欢、风雨沧桑。

《老舍说幽默》，集中呈现老舍的幽默观念和幽默的文字风格。在老舍看来，幽默首要的是一种心态——“所谓幽默的心态就是一视同仁的好笑的心态”。老舍的笔下总含蕴着“含泪的微笑”背后的温良、练达和智慧。诚如他所言：“和颜悦色，心宽气朗，才是幽默。”当然，其中选录的篇章，虽不能保证每篇每段皆文风幽默，但相信整体上是会让读者体味到老舍的幽默与智慧的。

《老舍话风物》，偏重于老舍关于人文地理、风光景物、行旅随感以及可爱生灵的散文篇什。其中，《济南的冬天》《猫》等诸篇，已属脍炙人口的名作，也是中国现代散文的代表作。老舍对于地域自然、生灵万物的敏感多情与浓墨抒发，给人以情绪感染、情操陶冶和情愫感动。诸多文字沉积着一个时代的鲜明印记，也凝聚着一代作家的心灵脉动，至今读来，依然鲜活生动。

《老舍记亲友》，收录老舍对于亲人、师友、同仁等诸多人物的回忆、缅想、评述和怀念。《宗月大师》《我的母亲》等篇章都是发自肺腑、感人至深的经典之作。老舍一生，敬奉亲师，广交朋友，人缘颇佳。但是，他的性格在温厚随和之外，其实又有着刚强坚韧的一面。他对世间人物的眷恋、思念，他与各界人士的交游、酬答，多见其本真性情和处事品格。那个时代、那些人物，都已成为不可复制的记忆。

《老舍谈人生》，编选老舍关于人生经历、自述杂记以及创作之谈的文章。举凡理想家庭、生儿育女、搬家居舍等日常生活，和协会事务、人生自传、创作得失等荦荦大端，在老舍笔下写来都淋漓尽致，别具情趣，亦五味杂陈。老舍既是一位以写作为生的作家，也是一位四处奔忙的社会活动家，他的文学创作、家庭生活、社会活动，紧密相连，不可分割，读懂全部，才会读懂一个完整的老舍。

需要说明的是，“老舍四书”的文字内容，大都依据可靠版本予以汇校。对于老舍的行文习惯、遣词造句、标点符号，尊重原本，一般不作改动。四册小书的各册之中，又依据内容和时间隔分为多个小辑，以便于读者阅读。所以，这“四书”具有自己的特点，与世面上通行的一些版本并不尽相同。

在“老舍四书”即将付梓出版之际，首先要感谢老舍先生的家人40年中给予的大力支持和帮助。2017年秋，我们赴北京拜访老舍先生的长女舒济先生，她对“老舍四书”和笔者的《〈骆驼祥子〉汇校本》热诚地予以充分肯定，并提出了中肯的意见。借此机会，诚致谢意！

此外，我的学生王任从师多年，承担了本书从策划到落实的主要工作；齐鲁书社许允龙先生大力支持，多加督促；责任编辑辛勤劳动付出；美术编辑王高杰精心设计制作，还有参与本册初稿输录的别毕卉。在此，一并致谢。

限于水平和时间，本系列小书难免会有疏漏之处。谨请方家和读者指正，以便于将来修订时改正。

张桂兴

记于二〇一八年济南的秋天

图书在版编目（CIP）数据

老舍记亲友 / 张桂兴，王任编 . -- 济南：齐鲁书社，2019.6
（老舍四书）
ISBN 978-7-5333-3897-8

Ⅰ . ①老…　Ⅱ . ①张…　②王…　Ⅲ . ①回忆录－作品集－中国－现代　Ⅳ . ① I251

中国版本图书馆 CIP 数据核字（2017）第 318502 号

老舍记亲友
LAOSHE JI QINYOU
张桂兴　王任　编

主管单位　山东出版传媒股份有限公司
出版发行　齊魯書社
社　　址　济南市英雄山路 189 号
邮　　编　250002
网　　址　www.qlss.com.cn
电子邮箱　qilupress@126.com
营销中心　（0531）82098521　82098519
印　　刷　山东临沂新华印刷物流集团有限责任公司
开　　本　880mm × 1230mm　1/32
印　　张　6.75
插　　页　2
字　　数　128 千
版　　次　2019 年 6 月第 1 版
印　　次　2019 年 6 月第 1 次印刷
印　　数　1–3000
标准书号　ISBN 978-7-5333-3897-8
定　　价　28.00 元